내일은 초인간

Unique-que Superhumans
유니크크한 초능력자들

김중혁 장편소설

KIMJUNGHYUK

GIANT BOOKS

차례

유니크크한 초능력자들

작가의 말

아무도 아닌 자야,

......

내 너를 네 동료들 중에서

제일 나중에 잡아먹으마.

이게 바로 네게 주는 선물이다.

—『오디세이아』

D - 365

공상우의 윙스팬은 1,982밀리미터, 인치로 하면 78이다. 180센티미터의 키를 고려하더라도 무척 긴 편이다. 팔이 길어서 좋은 건 별로 없었다. 놀림거리나 됐지. 원숭이 새끼, 침팬지, 공상우랑우탄. 초등학교, 중학교 때 체육 선생들은 그에게 다양한 종류의 스포츠를 권했다. 농구부에 들어가. 농구 선수들은 원래 팔이 길어. 윙스팬이 바로 재능이지. 학생, 골키퍼 해볼생각 없나? 배구 선수로 딱 좋은 몸이야. 세계 최고의 블로커로 키워줄게. 귓구멍이 마비될 정도로 이런 이야기를 자주 들었던 공상우는 정말 재능을 타고난 줄 알았다. 테스트를 마친 체육 선생들은 그의 운동신경을 확인하자마자 바로 포기했다. 공상우는 그저 팔이 길 뿐이었다. 운동을 못하는 것은 아니었지만 선수가 될 만큼 뛰어난 실력은 아니었다. 공상우의 성격 때문이기도 했다. 팀원이 되고 싶지 않았다. 테스트에서 자신의 실력을 전부 발휘하지 않았고, 조용히 살아남을 수 있었다. 고등학생이 되자 더는 스포츠를 권유하는 선생도 없었다. 뭔가 새롭게 시작할 나이가 지난 것이다. 공상우는 성장이 끝나서 마음이 편했다. 전에는 다른 동네로 도망가고 싶었는데, 이제 이 도시에서 숨어 살 수 있을 것 같았다.

공상우는 혼자서 춤추는 걸 좋아했고, 동영상 사이트를 보면서 춤을 배웠다. 거울에 비친 자신의 몸은 보잘것없었고, 이상해 보였다. 누군가에게 구조 신호를 보내는 것처럼 긴 팔이 흐느적거렸다. 그럴 때면 눈을 감고 춤을 추었다.

스무 살이 넘어서는 팔을 감추고 다녔다. 팔의 전체 길이를 눈치채지 못하게 손을 주머니에 넣거나 팔짱을 끼었다. 건방지다는 얘기를 자주 들었다. 팔의 절반을

상우는 자신의 팔이 늘어나는 것 같은 환상에 빠져들었다. 태그를 하려는 추격자의 몸짓을 보면서 자신도 모르게 팔을 길게 뻗었다. 닿을 듯 닿을 듯 닿지 못하는 추격자의 간절함 때문에 공상우의 팔이 늘어나는 것 같았다. 기다란 몸을 가진 동물이 등에 붙어서 팔을 대신 늘려주는 듯했다.

공상우는 WCT 경기를 연속해서 시청하다가 다음 세계 대회가 U시에서 열린다는 것을 알게 되었다. 사람들 앞에서 한 번도 마음껏 팔을 뻗어본 적이 없었지만, 이제는 때가 되었다는 생각이 들었다.

D - 72

야, 누가 민시아 좀 잡아와. 선생이 교실에서 소리를 질렀지만 나서는 아이는 없었다. 민시아를 어떻게 잡아. 모든 학생이 똑같은 생각을 하고 있었다. 민시아는 못 잡는다. 세상에서 가장 붙잡기 힘든 동물로 미꾸라지를 떠올리겠지만, 민시아는 그보다 몇 수 위다. 잡았다 싶으면 빠져나가고 여기에 있나 싶으면 어디론가 사라졌다. 한번은 영어 선생이 교문을 나서려는 민시아의 뒷덜미를 낚아챘는데, 민시아는 옷깃을 세우는가 싶더니 머리를 한 번 회전시키면서 영어 선생의 손아귀에서 부드럽게 빠져나갔다. 그 장면을 본 아이들은 서커스의 한 장면 같았다고 증언했다. 민시아는 뒤도 돌아보지 않고 재빠르게 상가 쪽으로 뛰어갔다. 달리기 역시 교내 최고 수준이니 영어 선생은 따라갈 엄두를 내지 못했다.

모든 아이가 궁금해하는 것은 왜 민시아가 학교에 나오는가였다. 매일 1교시만 듣고 도망갈 것이라면 아예 결석을 하는 게 낫지 않을까. 누군가가 민시아에게 직접 물어본 적이 있다.

"학생이라면 1교시는 무조건 들어야지. 다른 건 양해를 할 수 있어도 1교시만은 포기하면 안 돼. 그게 어떤 과목이든……."

말도 안 되는 궤변이어서 누구도 귀 기울여 듣지 않았다. 민시아는 진심이었다. 동생 둘을 먹여 살리기 위해 아르바이트에만 매진하다 보면 어느새 학교에서 멀어질 것이 분명하고, 어느 순간 자신이 돈 버는 기계가 되어 있을 것이라고 생각했다. 돈 버는 기계, 그것도 나쁘지는 않지만 그래도 당분간 학교에는 속해 있고 싶었다. 그래서 아르바이트 사이에 짬을 내어 잠깐 학교에 들르는 것이었다. 출석해서 친구들과 인사하고 1교시

만 들은 뒤 일하러 가면, 학생이기도 하고 아르바이트
생이기도 할 것이다.

어려서부터 도망치는 데는 자신이 있었다. 도망쳐
야 할 순간이 많았고, 잡히지 않아야 할 이유는 더 많
았다. 자신만의 요령도 생겼다. 상대의 행동을 파악하
고 예측하고 반대로 움직인다. 거리를 유지한다. 눈을
살핀다. 상대방이 왼손으로 붙잡으면 오른쪽으로 움
직인다. 양손으로 붙잡으려고 들면 뒤로 물러선다. 돌
아서서 달린다. 끝까지 달린다. 돌아보지 않고 달린다.
붙잡히지 않으려면 계속 달려야 한다. 그 후로는 아무
도 민시아를 붙잡지 못했다. 어쩌면 민시아의 표정 때
문인지도 모른다. 민시아의 화난 얼굴을 보면 누구도
붙잡을 생각을 하지 못하게 된다.

"넌 어쩌면 그렇게 몸이 유연하니. 유도라도 한번 배
워보지 않을래?"

체육 선생이 민시아를 불렀다.

"유연하면 유도 합니까?"

민시아가 호기심 가득한 얼굴로 물었다.

"유도도 하고, 체조도 하고, 무용도 하는데, 넌 유도

하기에 좋은 몸이야."

"제 몸 어디가요?"

"몸이 동글동글하게 동그래서 누가 봐도 유도 하기에 딱 좋잖아."

"굴러다니기 좋은 몸이에요?"

"그렇게 말할 수도 있고."

"금메달 같은 것도 딸 수 있을까요?"

"재능이 많으면 딸 수 있지."

"금메달 따면 상금도 많이 줍니까?"

"어떤 대회는 많이 주지."

"한번 배워보겠습니다."

체육 선생의 말에 혹해서 유도 테스트를 받은 게 고등학교 1학년 때였다. 한방에 역전, 같은 것을 민시아는 꿈꿨다. 아르바이트 100시간 해서 벌 돈을 하루 만에 벌 수 있는 길이 열릴지도 몰랐다.

유도장에 있던 선수들은 민시아의 재능에 혀를 내둘렀다. 힘 좋은 상대 선수가 민시아의 도복을 거머쥐었지만, 매번 부드럽게 빠져나갔다. 상대 선수는 계속 고개를 갸웃거렸다. 이게 아닌데, 이 정도면 끌려와야 하는데, 뭔가 이상한데, 이런 표정으로 계속 민시아의 빈틈을 찾았다. 민시아는 요리조리 빠져나갔고, 잡혔는가 싶으면 어느새 자유로운 몸이 되어 있었다.

아르바이트 시간을 쪼개서 연습에 참여했지만 일주일 만에 민시아의 꿈은 물거품이 되었다. 기본적인 훈련만 했을 뿐이지만 민시아가 얼마나 유도와 어울리지 않는지를 알기에 충분한 시간이었다. 붙잡히지 않는 데는 세계 최고였지만 그게 전부였다. 도망만 다녀서는 이기지 못한다.

"도망치는 척하면서 옆으로 돌아서 여길 잡아봐."

"그건 안 돼요."

"뭐가 안 돼?"

"도망치는 척한다는 게 이해가 안 돼요."

체육 선생은 한숨을 쉬었다. 민시아는 답답했지만 더 이상 할 수 있는 게 없었다. 상대방의 도복 깃을 잡아야 했지만 그럴 마음도 없었고, 힘도 없었다. 힘을 쓰며 움켜쥐는 건 민시아에게 어울리지 않았다. 일주일 만에 민시아는 유도를 그만두었다.

유도를 배웠던 일주일 동안의 시간이 민시아에게는

좋은 기억으로 남았다. 동료와 함께 달리고 매트 위에서 몸을 움직이고 소리를 지르던 순간의 환희가 잊히지 않았다. 자신에게 어울리지 않는 순간이었기에 더욱 그랬다. 팀이나 동료 같은 단어는 너무 부드럽고 달콤해서 진작에 녹아버렸다. 민시아는 평생 혼자 도망쳐야 할 운명이란 걸 알고 있었다. 쫓아오고 있는 것의 정체는 정확히 알 수 없지만 무조건 도망쳐야 한다는 걸 알고 있었다. 살기 위해서는 아르바이트를 해야 했고, 동생들과 함께 굶지 않기 위해서는 계속 몸을 움직여야 했다. 스물다섯 살까지 민시아는 그렇게 살았다. 일하고 돈을 벌고, 먹을 걸 사고 힘을 내고, 다시 돈을 버는 일이 반복되었다. 두 명의 동생이 고등학교를 졸업하자 정신을 차릴 수 있었다.

민시아는 주말이면 행사 진행 업체에서 일했는데, 몸은 힘들어도 수입이 가장 많은 아르바이트였다. '와인 엑스포', '애견 박람회'처럼 관람객이 많은 행사는 그중에서도 가장 힘들었다. 민시아가 좋아하는 행사는 '국제 인공지능 포럼', '전국 파충류 학회 정기 모임' 같은, 전문적인 분야를 다루는, 사람이 적고 조용하게 진행되는 종류였다. 한 분야를 집중적으로 파고든 사람들의 눈빛에는 비슷한 데가 많다는 걸 알게 됐다. 민시아가 보기엔 그랬다. 다초점 안경을 쓴 사람처럼 연신 위와 아래를 번갈아 봤고, 안절부절못했으며, 빨리 집으로 돌아가고 싶어 하는 눈빛들이었다. 모든 사람이 그러진 않았지만 '와인 엑스포' 같은 행사에 비하면 말도 못하게 수줍은 행사였다. 민시아는 그렇게 조용한 사람들을 보는 게 마음이 편했다.

'동굴 생태 탐사 정기 보고회' 행사가 끝났을 때 팀장이 아르바이트 직원 모두를 불렀다. 말하기 좋아하고 가르치려 들기 좋아하고 남의 이야기는 잘 듣지 않는 30대 후반의 남자였다.

"다들 오늘 고생 많았어요. 그래도 지난주보다는 훨씬 쉬웠죠? 생태 쪽 사람들은 다들 순해서 신경 쓸 일이 별로 없었을 거예요. 내가 이 일을 몇 년 하다 보니까 이제 행사 이름만 들어도 어느 정도로 힘들지 가늠이 되거든요. 일종의 초능력이 생긴 거죠. 지난주에 '동굴 생태 탐사 정기 보고회' 예상할 때도 그런 이야기를 했을 거예요. 동굴에 들어갈 때처럼 전반적으로 축축하고 음습할 테지만 힘들진 않을 것이다. 내 말이 딱 맞았죠? 자, 다음 주는 긴장 좀 해야 할 거예요. 빡빡하기로는 1년 행사 중 3위 안에 듭니다. 사람도 많이 오고, 이상한 놈들도 많고, 게다가 전부 팔팔한 젊은 놈들이니 육체적으로 힘들 거예요. 각오하고 와요. WCT 알죠?"

팀장의 입에서 WCT라는 단어가 나오자마자 몇몇 아르바이트 직원이 한숨을 쉬었다. 정체를 모르는 사람은 "뭔데? 그게 뭔데?"라며 주위에 물었다. 민시아 역시 처음 들어보는 단어였지만 물어볼 만한 사람이 주변에 없었다. 팀장이 허공에 손가락을 흔들며 모두 조용히 하라는 신호를 보냈다.

"경기장 설치는 금요일에 끝나고, 여러분은 토요일 아침 6시까지 오시면 됩니다. 안내 스태프 티셔츠로 갈아입고 6시 30분까지 집결, 30분 동안 행사 진행 교육을 받게 될 거예요. 일주일 뒤에 만나요. 고생 많았어요."

팀장이 사라지자 가장 경험이 많은 아르바이트 직원이 큰 소리로 주목을 끌었다.

"다음 주에 전부 뒈졌다고 생각하고 와요. 구토 나올 정도로 힘든 이틀이 될 거니까."

"뭔데 그렇게 힘들어요?"

누군가가 물었다.

"월드 체이스 태그 챔피언십. 경기는 재미있는데 부상자 속출에, 관중 중에 또라이들도 많아요. 보는 놈들은 좋겠지만 행사 스태프들은 죽을 맛이지."

민시아는 탈의실로 가면서 휴대전화로 WCT를 검색해보았다. 위험해 보이는 장애물을 사이에 두고 두 사람이 쫓고 쫓기는 경기였다. 팔을 뻗고, 얼굴을 찡그리고, 땀방울이 떨어지고, 허공에 몸을 던지고, 미끄러지고, 도망가고, 갑자기 솟구쳐 올랐다. 민시아는 탈의실 입구에 기대서 계속 영상을 보았다. 게임 장면은 마치 두 사람이 함께 추는 춤 같았다. 쫓는 사람의 동작에 맞춰 도망치는 사람의 움직임이 결정되고, 서로 다른 몸의 리듬이 묘하게 어울리며 하나가 되었다. 영상에서 눈을 뗄 수가 없었다.

D - 1

　세상에는 소리가 넘쳐난다. 소리는 이제 모두 쓰레기가 되었다. 재활용되지 못한 소리들이 도로에 쏟아졌다. 귓속에 소리가 쌓여서 더는 아무 소리도 들을 수 없게 됐다. 나는 소리의 쓰레기 더미를 밤새 헤집고 다녔다. 거기에서 뭔가 쓸 만한 소리를 찾아보려 했다. 더러 희귀한 소리가 있었고, 오래된 소리에 마음이 끌렸지만 모든 소리는 그래도 쓰레기였다. 나는 아무것도 주워 오지 않았다. 버려진 소리를 다시 버릴 수는 없어 나는 귓속에다 소리를 방치했다. 아무런 소리도 들을 수 없게 되자 쓰레기가 계속 쌓이는 게 신경 쓰이지 않았다. 아무런 소리도 들을 수 없어서 모든 소리를 모을 수 있었다. 나는 듣고 싶은 것만 듣고 싶었다. 원하는 소리만 들을 수 있게 해달라고 신께 빌었다. 내가 듣고 싶어 한 소리는 무엇일까. 쓰레기가 되지 않은 소리, 쓰레기일 수 없는 소리, 아무도 버릴 수 없는 소리. 때때로 바다가 일렁이는 소리, 묵직한 새들이 날개를 퍼덕이는 소리, 자동차 창문을 조금만 열었을 때 바람이 내는 소리, 탱탱한 축구공이 하늘로 솟구쳤다가 땅에 튕기는 소리, 조용한 방에서 시원한 바람을 내뿜는 에어컨디셔너 소리. 그런 소리들은 계속 들어도 질리지 않았다.

자려고 누우면 사방에서 소리들이 공격해왔다. 큰 소리는 위협적이지 않았다. 오토바이의 굉음이나 트럭이 질주하는 소음은 빠르게 멀어져갔다. 내게 다가오는 소리들은 오히려 작은 소리였고, 들릴락 말락 한 소리였다. 귀 기울이지 않아도 작은 소리들은 벌레처럼 몸으로 스며들었고, 내 몸을 천천히 갉아먹기 시작했다.

"휴……."

엄마가 한숨을 쉬었다. 엄마가 자는 안방과 내 방의 거리는 어림잡아도 7미터가 넘고, 엄마는 자신의 한숨 소리를 들리지 않게 하려고 이불을 뒤집어썼을 테지만, 내게는 세상의 그 어떤 소리보다도 크게 들렸다. 마치 가까이서 입김을 불어 넣는 것 같았다.

'휴……, 한숨 쉬는 게 듣기 싫으니? 사는 게 한심해서 그래. 휴……, 그게 누구 때문인지는 한모음 네가 가장 잘 알지?'

엄마가 내 귀에다 대고 그렇게 소리 지르는 것 같았다. 나는 그 소리가 너무 잘 들린다고, 조금만 작게 얘기해달라고, 다른 쪽으로 고개를 돌려서 얘기해달라고 소리치고 싶었다. 그런 마음을 먹을수록 한숨 소리는 크게 들렸다. 나는 당신이 고통받을 때의 소리도 잘 알고 있다. 상처 입은 짐승의 소리, 남자에게 매를 맞으면서 흐느끼던 낮은 소리. 그 소리를 듣지 않으려고 고막을 막고 온몸을 막았지만 소리는 나를 관통했다. 신음은 한숨으로 바뀌었는데, 어쩌면 더 커진 것 같았다. 그럴 때면 나는 죽고 싶다, 죽고 싶다, 죽고 싶다를 세 번 반복했다. 그러면 이상하게 소리가 잦아들었다.

때로는 이상한 환청이 들릴 때도 있었다. 피아노소나타를 듣고 있는데 모든 음이 한숨으로 들리는 것이다. 내게만 들리는 한숨 소나타, 한숨 교향곡. 어릴 때 피아노를 배우다 그만둔 것도 이런 초능력 때문이다. 다른 사람이 듣는 음악을 상상할 수 없으므로 건반을 칠 수 없었다. 강렬하게 피아노를 내리쳐도 어디선가 바람이 빠지는 듯한 한숨 소리로 바뀌고 만다. 신시사이저에서 한숨 음향효과를 추가한 듯 내 머릿속의 모든 음악이 한숨으로 바뀐다. 엄마는 '절대음감을 가진 천재가 자신의 재능을 썩히고 있다'며 나를 비난했지만 내 귀에서 벌어지고 있는 지옥을 모르고 하는 말이다. 소리 폭탄들이 시시각각 폭발하는 내 귓속의 전쟁터로 엄마를 한번 초대하고 싶다.

'엄마, 여긴 불타는 서커스의 궁전이야. 잡음의 바다이고 한숨으로 가득 찬 우주지.'

지나가는 누군가를 붙잡고 진심으로 묻고 싶다. 이건 초능력입니까, 무능력입니까? 쓸모없는 능력이라면 무능력에 가까울 것이다. 나의 친구들 모두 같은 심정

일 것이다. 우리는 초능력자들입니까, 무능력자들입니까? 나는 노이즈 캔슬링 헤드폰을 끼고 볼륨을 최대한으로 올린 채 음악을 듣는다. 지금은 더 슬리츠The Slits의 1979년 앨범에 들어 있는 〈I Heard It Through The Grapevine〉을 듣고 있다. 여러 가수의 버전이 있지만 나는 더 슬리츠의 버전을 제일 좋아한다. 빈틈이 없는 음악인데도 사이사이로 한숨이 끼어든다. 보컬리스트의 한숨인지 기타리스트의 한숨인지 아니면 나의 환청인지 혹은 나의 한숨 소리인지 알 수 없다.

세상의 모든 한숨을 듣다 보니 한숨의 뉘앙스, 미묘한 한숨의 의미까지 알아차릴 수 있게 되었다. 어떤 한숨에는 육체의 피곤함이 들어 있고, 어떤 한숨에는 정신의 고단함이 스며 있고, 어떤 한숨은 버릇이며, 어떤 한숨은 항의이고, 어떤 한숨은 단념이다. 길거리를 걸어다닐 때도 한숨 소리만 들렸다. 나는 당신들이 내뱉는 한숨을 다 알아. 모든 사람이 다르듯 모든 한숨이 다르다.

내 이름은 한모음, 세상의 모든 한숨 소리를 들을 수 있는 사람이다. 이제부터 내가 만난 가장 이상한 한숨 소리를 지닌 사람들을 소개하려고 한다. 누구도 내게 그런 임무를 부여하지 않았지만, 내가 나를 임명했다. 나는 초인간클랜의 공식 연대기 작가이자 우리의 작전을 기록할 유일한 요원이다. 나는 기록하고 또 기록할 것이다. 세상에서 가장 조용한 한숨 소리까지.

D - 65

10:00 am

　예선전 두 경기를 본 해설자는 공상우에게 '은둔 초
고수 능력자'라는 닉네임을 달아주었다. WCT는 동영
상 사이트에서 전 세계로 생중계되기 때문에 공상우
에 대한 소문은 삽시간에 퍼졌다. 경기가 시작되자마
자 10초 이내에 상대방의 몸을 터치한 공상우는 땀을
흘리지도 않았다. 경기가 빨리 끝나는 경우가 아예 없
지는 않았지만 첫 출전한 선수의 실력이라고 믿기 힘
들었다. 공격뿐 아니라 수비도 잘했다. 상대가 어디로
쫓아올지 이미 알고 있는 사람처럼 포위망을 빠져나
갔다. 이기고 나서 별다른 세리머니를 하지 않는 태도

에 대해서도 말이 많았다. 상대방에 대한 배려다, 기고만장의 극치다, 수줍은 사람인 것 같다, 예선 몇 경기 이기고 좋아하는 게 이상하다, 큰 그림을 그리고 있는 것 같다 등 다양한 반응이 나왔다. 대회가 끝나기 전까지는 선수들을 인터뷰하는 것이 금지되어 있어서 공상우의 코치인 백건은 무척 바빴다.

"공상우 선수가 저를 찾아온 게 4개월 전입니다. 고작 4개월 훈련한 선수 같지 않지요? 공상우 선수가 저를 믿고 4개월 동안 자신의 잠재력을 최대한 끌어올린 덕분입니다. 저는 첫눈에 공상우 선수의 가능성을 알아보았습니다. 운명 같은 만남이라고 생각합니다. 하늘이 우리 둘을 연결해준 것입니다. 목표는 우승입니다. 저는 가능하다고 생각합니다. 우승하게 된다면 새로운 역사가 만들어지겠지요."

백건은 인터뷰를 마다하지 않고 여기저기에서 자신과 공상우의 운명 같은 만남을 강조했지만, 그의 말은 사실과 다른 점이 많았다. 우선 공상우가 그를 찾아온 것이 아니었다.

동영상 사이트에서 WCT를 처음 접한 공상우는 그

길로 동호회를 찾아 나섰다. WCT를 배울 수 있는 학원 같은 것은 당연히 없었고 동호회 역시 몇 개 되지 않았다. 공상우가 가입한 동호회도 선수로 활동하고 있는 한 사람의 팬카페에 가까운 모임이었다. WCT를 좋아하는 사람들이 일주일에 한두 번 모여 친목을 도모하고 회식을 하는 정도였다. 공상우는 첫날 연습 게임을 해보고 WCT의 매력에 곧장 빠져들었다. 도망가는 사람의 눈빛을 보며 심리를 파악하고, 동선을 미리 차단한 뒤 터치를 할 때의 쾌감은 평생 처음 느껴보는 것이었다. 도망가는 사람을 향해 팔을 길게 뻗으면 정말 팔이 늘어나는 것 같았고, 쉽게 승리할 수 있었다. 첫날 연습 게임에서 공상우는 곧바로 1등을 했다. 선수로 활동하던 사람까지 이겼다.

"히야, 대단하네. 전에 게임 좀 해봤나 보네요."

"오늘 처음이에요."

"WCT가 처음이라고?"

"네, 동영상으로 보긴 했지만 시합은 처음 해봐요."

"전에 다른 운동을 좀 했구나?"

"아뇨. 그런 거 없는데요."

"운동선수 출신도 아닌데 이렇게 잘한다고?"

"춤추는 건 좋아했어요."

"춤하고 이건 완전히 다른 건데."

"모르겠어요. 그냥 하다 보니까 잘되네요."

"하다 보니까 잘된다고? 이거 비난의 대상이 될 만한 발언을 골라서 하시네. 어떻게 연습했길래 그냥 하다 보니 잘되는 거지? 나도 좀 가르쳐줘봐요. 내 예전 별명이 뭔 줄 알아? '총알보다 빠른 사나이'였어. 도둑놈들이 아무리 빨라도 내가 쫓아가면 10미터도 못 가서 뒷덜미를 잡혔거든. 재수 없는 놈들이지, 하필이면 나 같은 형사한테 걸리다니 말이야. 내가 형사 관두고 취미로 이걸 시작했어. 재능을 살리자는 생각이었는데 문제가 하나 있더라고. 뭔지 알아? 잡는 거는 기가 막히게 잘하는데 도망을 못 치는 거야. WCT를 잘하려면 쫓아가기도 잘해야 하고 도망도 잘 가야 하는데, 평생 도망 다녀본 적이 없으니 잘할 수가 없잖아. 자네는 어떻게 그렇게……, 이름이 뭐라고 했지? 아, 공상우 씨는 어쩌면 그렇게 도망도 잘 가고 쫓아가기도 잘하는 건지 모르겠네. 비결이 뭘까? 역시 타고나는 거겠지? 내가 보니 공상우 씨는 타고났어. 대회 나갈 생각 있으면 나하고 연습을 같이 해보면 어떨까? 내가 다른 건 몰라도 도와줄 만한 사람들은 잘 알고 있거든. 어때?"

"저야……, 거절할 이유가 없죠."

"좋아 좋아. 거절할 이유가 없지. 나는 백건이라고 합니다. 영어로 하면 화이트 건, 백건. '총알보다 빠른 사나이'라고 불러도 되고."

"백건 씨라고 부르겠습니다."

"그러면 정이 없잖아. 건이 형님이라고 불러. 내가 스무 살은 많을 것 같으니까."

공상우는 대답하지 않았다. 누군가에게 형님이라고 불렀던 적이 한 번도 없었다. 첫 연습 경기에서 선수로 활동하던 사람까지 이겨버렸으니 동호회에는 다시 나가기가 머쓱해졌다.

'첫눈에 공상우의 가능성을 알아보았다'는 백건의 말은 사실이었다. 그 가능성은 우승의 가능성이라기보다 흥행의 가능성이었다. 20대에게 가장 주목받기 시작한 스포츠라면 한 명쯤 스타가 나올 때가 됐다.

선점하면 돈이 된다. 백건은 머릿속으로 돈의 가능성까지 떠올려보았다. 취미로 시작했던 일이 돈벌이가 될 수도 있었다.

백건은 이곳저곳 아는 사람이 많았다. 형사 생활을 하면서 좋은 일로나 나쁜 일로나 사람과 엮일 일이 많았다. 지금은 형사를 그만두고 작은 심부름센터를 운영하고 있지만 그에게 신세를 진 사람도 제법 있었기 때문에 간단한 부탁을 하기는 쉬웠다. 스포츠센터를 운영하고 있던 지인에게 밤에만 이용하고 깨끗하게 청소를 한다는 조건으로 농구장을 빌렸다. 두 사람은 저녁에는 기초 체력 운동을 하고, 새벽이 되면 각종 장애물을 설치해서 연습 게임을 했다. 백건은 공상우의 상대가 되지 못했지만 쫓아가는 요령만은 누구보다 잘 알았다. 대부분의 WCT 선수들은 20대 초중반이고 힘이 넘쳤다. 백건은 상대의 힘을 이용하는 법을 알았다.

"상우야, 덴마크 속담 중에 이런 게 있어. 나무에 높이 오르는 원숭이일수록……, 뒤에 오는 말이 뭘 것 같냐?"

"그냥 얘기하세요. 맨날 퀴즈 내지 말고."

"생각하는 법을 키워야 해. 띵크 디퍼런트, 모어 띵크, 띵킹 띵킹 하란 말이야. 이것도 다 연습하는 거야. 내가 화두를 던지면 네가 완성하는 거. 이게 다 창의력 연습이야."

"그 문제는 답이 정해진 거잖아요. 답이 정해지지 않은 질문을 내주시면 그때 창의력을 발휘할게요."

"너 이 자식, 말이 많이 늘었다. 처음에는 대꾸도 제대로 못 하더니."

"키워주셨잖아요, 창의력."

"그래, 놀랍게 많이 컸다, 창의력."

"답 얘기하세요. 나무에 높이 오르는 원숭이일수록……."

"그래도 아무거나 답해봐."

"더 오랫동안 낙하한다?"

"땡."

"팔이 아프다?"

"땡."

"더 잘 익은 열매를 따 먹는다?"

"땡."

"모르겠어요."

"엉덩이가 많이 보인다, 나무에 높이 오르는 원숭이일수록."

"진짜 덴마크에 그런 속담이 있다고요?"

"있어, 진짜. 덴마크 사람한테 들은 거야."

"덴마크 말 못 하잖아요."

"통역이 있었어."

"그게 무슨 뜻인데요?"

"성취를 이룰수록 더 많이 까발려진다는 얘기지. 셀럽들의 고충이랄까, 유명인들의 비애랄까, 그런 아이러니를 표현한 속담이야."

"지금 그 속담이 우리한테 어울려요?"

"나는 말야, 예전부터 그렇게 생각했어. 까짓것 높이 올라갈 수 있으면 엉덩이쯤 다 까 보일 수 있는데……. 원숭이 엉덩이 빨간 거 모두 다 아는 사실인데, 그게 뭐 대수인가. 안 그러냐?"

"적당한 높이가 있겠죠, 사람마다. 엉덩이를 안 보여주고도 높이 올라갈 수 있는."

"짜식, 아직 인생을 몰라. 그런 세상은 없어, 인마."

백건은 공상우의 어깨를 툭 치면서 말했다. 공상우
는 더 이상 반론을 제기하지 않았다.

"내가 덴마크 속담을 왜 얘기한 줄 아냐? 뒤쫓는 사
람들은 엉덩이를 잘 알아. 난 네 엉덩이도 완전히 외우
고 있어. 길 가다가 네 엉덩이 만나면 내가 한눈에 알
아본다. 농담 아니야, 내가 붙잡은 놈들 엉덩이 다 외
워. 시합할 때 쫓아가면서 엉덩이 움직이는 걸 잘 봐.
엉덩이는 일종의 깜빡이 같은 거야. 어디로 갈지 얘기
해준단 말이지."

공상우가 피식 웃었다. 백건을 만난 후로 자신의 성
격이 바뀌고 있다는 것은 공상우도 느꼈다. 창의력이
커졌는지는 알 수 없지만 웃는 일이 많아졌다. 백건과
함께 있으면 마음이 편했다. 새벽 1시의 농구장에서
시답잖은 농담을 주고받는 평화로운 순간이 오랫동안
지속되길 바랐다. 꿈 같은 걸 생각하지 않아도 되고,
가족들의 상황이나 돈 걱정을 하지 않아도 되고, 자신
때문에 주변의 모든 상황이 나빠지고 있다는 과대망
상 같은 것도 줄어들었다. 현재의 게임에만 집중하고,
육체적으로 피곤해지는 것이 좋았다. 낮에는 아르바

이트로 돈을 벌고, 밤에는 쫓고 쫓기는 연습을 하는 자신의 삶이 완벽하게 느껴졌다.

자신을 대신해서 인터뷰하는 백건이 어떤 이야기를 과장하든 상관없었고, 백건에겐 그럴 만한 자격이 있다고 생각했다.

WCT 챔피언십은 세 개의 분야로 나뉜다. 세계 최고의 팀이 대결하는 '월드 챔피언 대항전'이 있고, 개인끼리 대결하는 '프로페셔널'이 있고, 관람객들이 곧바로 참여할 수 있는 '아마추어'가 있다. 아마추어 섹션은 일종의 WCT 홍보용 이벤트다. 경기를 보러 온 관람객들에게 WCT를 체험하게 하는 것이다. 아마추어 경기에 참여하는 관람객은 다섯 명의 '체이서Chaser: 쫓는 사람' 중 한 명을 고르고 자신이 '이베이더Evader: 도망치는 사람'가 되어 20초 동안 경기장 안을 도망 다니면 된다. 아마추어 경기장에는 안전상의 이유로 장애물 대신 스티로폼으로 만들어진 쿠션이 군데군데 놓여 있다. 참여한 관람객들은 체이서에게 쫓기면서도 연신 깔깔거렸고, 태그 아웃 되면 뭐가 그리도 좋은지 웃으며 바닥을 뒹굴었다. 대부분 10초를 넘기지 못하고 태그 아웃 됐다. 다섯 명의 체이서에게 한 번도 잡히지 않으면 상금 1천만 원과 프로페셔널 참가 자격이 부여되지만 아직까지 아마추어 5라운드를 버틴 참가자는 없다.

한 사람은 도망가고 다른 한 사람은 쫓아가서 태그하는 게임은 어려울 게 없다. 전 세계 어디에나 있는 형식이다. 게임의 룰을 쉽게 이해할 수 있으며 언어가 필요 없고 끝나면 신나게 웃게 된다. 프로페셔널 게임에서도 신경전을 벌이는 경우는 극히 드물다. 어떤 스포츠는 몸싸움이 심할수록 게임의 재미가 커지기도 하는데, WCT는 게임 내내 단 한 번의 터치만 있을 뿐이다. 터치가 이뤄지면 게임이 끝난다.

공상우는 준결승을 앞두고 아마추어 섹션 앞에서 몸을 풀고 있었다. 수십여 명의 사람이 아마추어 섹션에 모여서 경기를 보고 있었다. 프로페셔널 경기가 아닌데 수십여 명이 모인 것은 아주 이례적인 경우였다. 공상우는 발뒤꿈치를 높이 들고 사람들 너머에서 열리는 경기를 보았다. 공상우는 눈앞에 펼쳐진 장면을 보고 숨을 멈추었다. 도저히 믿을 수 없는 장면이었다.

공상우는 지금 보고 있는 것이 자신의 인생에서 굉장
히 중요한 순간이 될 것이라는 사실을 직감했다.

민시아는 책에서 모든 것을 배울 수 있다고 생각했
다. 학교를 제대로 다니지 않으면서도 마음이 불편하
지 않았던 것은 틈나는 대로 책을 읽었기 때문이다.
모르는 게 있으면 아르바이트하던 편의점 옆 도서관
에서 책을 찾았다. 수영도 책으로 배웠고, 인공지능의
의미도, 서울이라는 도시의 형성 과정도, 채식과 육식
의 차이도, 유럽의 역사도, 브라질의 치안 상태도 책
으로 배웠다. 인터넷보다는 책이 편했고, 동영상보다
는 활자가 편했다. 휴대전화로 도서관의 책을 촬영한
다음 틈나는 대로 그걸 읽기도 했다. 도서관에서 책을

찢어온 적도 많았다. 좋아하는 책의 중요한 부분을 찢어서 완전히 외울 때까지 들고 다녔다. 책의 가장 중요한 부분을 찢어서 나올 때면 묘한 쾌감이 들기도 했다. 인류 역사의 중요한 부분을 자신만 알게 된 듯한, 다른 사람이 알 수 있는 기회를 완전히 빼앗아버린 듯한 마음이 들었다. 도서관에서 찢어온 책의 낱장은 집에 잘 보관해두었다. 그렇게 자신만의 백과사전을 만들 셈이었다.

책을 찢기 위해서는 주변의 소음을 잘 이용할 줄 아는 고도의 기술이 필요했다. 눈치가 우선이고 손기술도 중요하지만 때로는 과감한 실행력이 필요하기도 하다. 한 번에 쭈욱 찢어야 할 때는 최대한 빠른 시간 내에 끝내야 했다. 아직까지 한 번도 발각된 적이 없다는 사실로 민시아는 자신의 실력을 검증받았다.

책에서 모든 걸 배우고야 말겠다는 민시아의 의지는 최근 들어 벽에 부딪혔다. 최신 유행하는 춤이라든가 인터넷 게임의 공략법 같은 것은 책으로 배우기 힘들었다. 책으로 배울 수 없는 것들이 늘어났다기보다 민시아의 관심사가 문자의 영역이 아닌 움직임의 영역으로 변하고 있기 때문인지도 몰랐다. WCT도 마찬가지였다. 동영상을 통해서만 게임의 매력과 활력을 이해할 수 있었다. 민시아는 일주일 내내 시간이 날 때마다 동영상 사이트에서 WCT를 봤다. 직접 경기를 뛰는 것처럼 움직임을 따라 해보기도 했다. 선수들의 경이로운 몸동작을 감탄하며 바라봤다.

민시아는 도망가는 사람, 즉 이베이더에 감정이입을 하면서 게임을 보았다. '나라면 어떻게 움직일까', '구석에 몰리면 어떤 식으로 빠져나올까', '체이서를 역동작에 빠지게 하려면 어떻게 해야 할까' 그런 궁리를 하면서, 마치 선수라도 된 것처럼 영상을 보았더니 빨리 게임을 해보고 싶었다. 경기 당일 민시아는 팀장에게 자신도 아마추어 시합에 참가하게 해달라고 부탁했다.

"네가 왜?"

"누군가가 시범을 보이면 더 많은 사람이 참가할 것 같습니다. 흥행을 위해서라면 제가 기꺼이 이 한 몸 바치겠습니다."

"네가 할 일이나 잘하세요."

"한 번만 기회를 주시면 책임지고 사람들의 주목을

받겠습니다."

"무슨 수로 주목을 받아?"

"3라운드를 버티면 사람들이 놀라 자빠질 겁니다."

"3라운드? 그렇게 자신 있어? 전에 WCT 해본 적 있어?"

"해본 적은 없지만 잘할 자신 있습니다."

"얘가 WCT를 개무시하네. 3라운드 못 버티면 어떻게 할 건데? 내가 하자는 거 다 할 거야?"

"하자는 거 다 하지는 못합니다. 대신에 일을 더 열심히 하겠습니다."

"일 열심히 하는 거야 아르바이트생의 기본이지. 네가 3라운드를 버티면 그 시간만큼 일을 못 하게 되고, 네가 해야 할 일을 다른 사람이 대신 해야 하는 거잖아. 그건 어떻게 책임질 건데? 단순히 수당에서 까는 문제가 아니잖아. 누군가가 더 힘들어지는 거야."

"하자는 거 다 할 거냐고 물어본 게 어떻게 뭘 하자는 건지 물어봐도 되겠습니까?"

"대단한 건 아니고, 쉬는 날 나하고 같이 영화 보러 갈래?"

"아르바이트 많아서 쉬는 날이 없습니다."

"다음 주 일요일에 일 없잖아. 우리 민시아 주말 일정을 내가 다 아는데 무슨 소리야?"

"다른 아르바이트 해야 합니다."

"무슨 아르바이트?"

"얘기할 의무는 없습니다. 아무튼 쉬는 날이 없습니다."

"쉬는 날이 있으면 영화 보러 갈 거야?"

"영화 보러 가기 싫어서라도 쉬는 날이 없도록 만들 예정입니다."

"뭐? 너 지금 나 무시하는 거야?"

"팀장님. 어쩌면 저는 지금 인생에서 굉장히 중요한 선택을 하게 될지도 모르겠습니다. 우연히 WCT라는 게임을 알게 됐고 매력에 빠져들었습니다. 아마추어 시합에 참가하는 일이 저한테는 무척 중요한 일이라는 생각이 들어서 팀장님에게 부탁을 한 건데요, 이렇게 되면 제가 뜻밖의 결정을 내려야 할 것 같습니다."

"뜻밖의 무슨 결정? 지금 나 협박하는 거야?"

"제가 욕하는 거 무척 싫어하는 거 팀장님도 아실

겁니다. 제가 욕하는 걸 본 적 없을 거예요. 정말 중요한 순간이 아니면 욕을 하지 않으니까요. 길을 가다가도 친구들에게 욕하는 중고딩들 만나면 조용히 다가가서 '욕이 입에 붙어버리면 나중에 아무리 떼고 싶어도 힘들어지고, 찰거머리처럼 붙어서 네 인생을 이상한 데로 끌고 갈 거니까 지금부터 잘 생각해서 욕을 하지 않는 인생을 선택해봐'라고 이야기합니다. 당연히 '뭐야 이 꼰대는……'이라는 표정만 돌아오지만 저는 그렇게라도 얘기를 해야 할 만큼 욕하는 걸 싫어합니다. 그래도 오늘은 한 번쯤 팀장님에게 욕을 날려드리고 싶네요. 씨발, 이 좆같은 새끼야. 그래서, 오늘부터 '인터랙티브 크리에이티브'의 주말 행사 진행 아르바이트 자리를 그만둡니다. 지금 제가 그만두면 누군가가 저 때문에 고생해야 하지만, 그런 고민을 깊게 하신다면, 주말 내내 하는 일도 좆도 없으면서 여기저기 어슬렁거리기만 하고 여자 아르바이트생들 집적거리는 게 취미이신 팀장님이 제 일을 대신 해주시면 일에는 큰 차질이 없을 것 같네요. 오늘은 일을 시작도 안 했으니까 일당은 주머니에 넣어두시고요. '앞으로 이

바닥에서 다른 일 못 찾을 줄 알아, 알았어? 각오하라고.' 예전에 아르바이트생 자를 때 보니까 이런 구태의연한 협박 같은 거 하시던데, 제가 이쪽 일은 이제 안 하고 의연하게 살 거니까 입 닥치고 오늘 일이나 잘 끝내세요. 여기 모자하고 스태프 옷 있고요, 모쪼록 건강하기라도 하십시오. 저는 갑니다."

민시아는 길고 긴 이야기를 재빨리 끝냈다. 지금 어떤 상황이 벌어지고 있는지 파악 못 한 채 멍하니 있는 팀장을 뒤로하고 민시아는 아마추어 경기장으로 가서 신청서를 작성했다. 대기자는 스무 명이 넘었지만 민시아에게 차례가 오기까지는 시간이 얼마 걸리지 않았다. 경기 시간이 몹시 짧았기 때문이다. 대부분 5초를 넘기지 못했고, 가장 오랫동안 버틴 사람이 8초였다. 민시아는 간단한 준비운동을 끝내고 사람들의 경기 장면을 관찰했다. 참가자는 경기가 시작되기 전 체이서로부터 최대한 멀리 떨어져 있을 수 있다. 대부분의 사람들은 경기장 구석으로 가서 자리를 잡는다. 체이서로부터 가장 먼 곳이기 때문이다. 하지만 민시아가 보기에 거긴 도망치기 좋은 장소가 아니다. 자청해서 막다른 골목으로 들어가는 것이나 다름없다. 민시아는 경기장을 자세하게 관찰하고 최적의 도피처를 찾아냈다.

"20초 동안 붙잡히지 않으면 상품을 드립니다. 자, 직접 WCT의 박진감을 체험해보세요."

민시아의 눈에 상품이 들어왔다. 라운드별 상품이 있다는 것은 처음 알았다. 1라운드를 버티면 WCT 티셔츠, 2라운드를 버티면 보조 배터리, 3라운드를 버티면 태블릿 PC, 4라운드를 버티면 노트북 컴퓨터, 5라운드까지 버티면 1천만 원의 상금과 내년 프로페셔널 참가권이 주어진다. 3라운드까지는 가능성을 염두에 둔 것 같고, 4라운드와 5라운드는 어차피 통과할 사람이 없기 때문에 마음껏 선심을 쓰는 듯한 상품 선정이었다.

첫 번째 도전에서 민시아의 진가가 드러났다. 다른 참가자와 달리 민시아는 웃지 않았다. 고무줄을 꺼내서 머리를 묶었다. 이기고야 말겠다는 의지가 온몸에서 뿜어나오고 있었다. 잡히지 않고 도망치겠다는 마음이 눈빛에서 보였다. 체이서 역시 민시아의 마음을 눈치챘

다. 10초 즈음 민시아를 태그 하는 듯했지만 민시아는 머리를 뒤로 빼고 아슬아슬하게 빠져나갔다. 작은 쿠션을 사이에 두고 민시아는 시간을 벌었다. 버티면 이기는 게임이었다. 체이서는 한쪽 방향으로 민시아를 몰고 싶어 했지만 민시아는 언제나 두 개 이상의 출구를 마련해두었다. 20초가 지나고 민시아의 승리가 확정되었다.

"축하합니다."

체이서가 다가와서 박수를 보냈다. 민시아는 어깨를 으쓱해 보였다. 뭘 이 정도로.

"2라운드 도전하실 건가요?"

진행 스태프가 와서 물었다.

"네, 당연히 도전해야 합니다."

민시아가 대답했다. 2라운드는 민시아를 쫓던 체이서가 어이없이 넘어지는 바람에 간단하게 끝났다. 3라운드 역시 아슬아슬하게 민시아의 승리. 네 번째 라운드가 시작되려 하자 주변 사람들이 아마추어 경기장으로 몰렸다. 아마추어 경기장에 절대 강자가 나타났다는 소문이 삽시간에 퍼진 것이다. 민시아는 신발 끈을 다시 묶었다. 네 번째와 다섯 번째 체이서는 막강할 것이다. 민시아는 그래도 겁나지 않았다. 어렸을 때부터 도망치는 거야 자신 있었으니까.

D - 65

2:00 pm

네 번째 라운드가 10초 정도 지났을 때 경기를 보고 있던 사람들 대부분이 소리를 질렀다. 순식간에 민시아를 구석으로 몰아넣은 체이서는 쿠션을 뛰어넘으며 몸을 날렸다. 민시아는 허리를 뒤로 90도 젖히더니 회오리바람처럼 빙글 돌아서 위기를 모면했다. 구경꾼들은 대체 이게 인간이 가능한 동작인지 눈을 의심했다. 피겨스케이팅에서 등을 뒤로 젖혀서 하는 레이백 스핀을 보는 것 같았다. 낮은 탄식이 이어졌고, 사람들은 웅성거리기 시작했다. 체이서는 다시 일어나서 민시아를 향해 달려갔다. 민시아는 빠르게 쿠션을 넘어서 도망갔다. 한 번 넘어지며 시간을 허비한 체이서가 다시 만회할 기회는 없었다. 10초는 빠르게 지나갔고, 4라운드 역시 민시아가 이겼다. 구경꾼들이 일제히 박수를 쳤다.

자신의 경기를 준비하며 몸을 풀던 공상우 역시 민시아의 놀라운 기술을 보았다. 민시아의 동작은 무엇보다 아름다웠다. 부드러웠고 우아했고 강렬하면서도 군더더기 없었다. 태그 게임을 보는 게 아니라 예술 작품을 보는 것 같았다. 멍하니 아마추어 경기장을 보고 있던 공상우의 등을 백건이 후려쳤다.

"뭐 해, 경기 준비 안 하고?"

"코치님 좀 전에……, 봤어요?"

"뭘 봐?"

"저기 저 선수요. 엄청난 경기를 봤어요. 아마추어가 아니에요. 초능력자를 보는 것 같았어요."

"초능력자는 네가 초능력자지. 세상에 초능력자가 그렇게 흔하면 초능력이라고 부를 수가 없지."

"저 사람은 진짜라니까요."

"5분도 안 남았어. 네 경기나 빨리 준비해. 초능력

을 발휘해보라고."

공상우의 준결승 역시 사람들의 환호를 이끌어낸 경기였다. 경기가 시작되자마자 7초 만에 상대방을 태그 했는데, 도저히 닿을 수 없을 듯한 거리여서 중계진들도 경기 결과를 의심했다. 영상을 여러 번 돌려 보고서도 도저히 믿을 수 없는 태그였다. 공상우의 팔이 10센티미터 이상 늘어나지 않고서는 그런 결과를 만들 수 없었다.

"지금 마술 같지 않았습니까? 공상우 선수가 기본적으로 팔이 길긴 하지만, 순간적으로 팔이 더 늘어난 것처럼 보였어요."

캐스터가 호들갑을 떨었다.

"네, 처음 보는 기술이었어요. 제 생각에는 어깨를 순간적으로 탈골시키면서 팔이 길어지게 만드는 고난이도의 기술인 것 같습니다."

해설자가 캐스터의 호들갑을 이어받았다.

"아, 그런 기술이 있군요."

"저도 처음 보는 기술입니다. 의학 쪽 지식이 많지 않고서는 섣불리 저런 기술 구사하기가 쉽지 않을 텐데요. 배움이 무척 많은 선수라는 생각이 듭니다."

"네, WCT 전문가가 아니면 생소하실 텐데요, 공상우, 어떤 선수입니까?"

"저희도 자료를 구할 수가 없었습니다. 코치 말로는 4개월 만에 모든 기술을 완성했다고 하네요. 보통 파쿠르나 체조를 했던 선수가 많은데요, 그런 이력도 없어요. 방금 본 기술 역시 처음 보는 기술입니다. 이제는 '공상우 태그 기술'이라고 불러야겠네요. 하지만 어린 선수들은 절대 따라 하지 말아야 할 기술입니다."

"순간적으로 어깨를 뺀다는 게 가능한지 모르겠습니다. 어깨를 탈골시키지 않고 팔이 늘어날 수는 없겠죠?"

"무슨 엑스맨도 아니고, 그런 초능력이 있을 수는 없지요. 신체를 최대한 활용하면 저런 기술이 가능합니다. 제가 선수로 활동할 때는 이런 기술도 익혀본 적이 있습니다. 어떤 기술이냐 하면……."

"아, 말씀드리는 순간 공수가 교대됐습니다. 공상우 선수, 이제 7초만 도망 다니면 결승에 올라갑니다."

공상우는 10초를 버텼고 결승에 올랐다. 동영상 중

계를 보던 사람들은 첫 출전에 결승전까지 오른 공상우에게 모든 관심을 집중했다. 결승에 오른 나머지 한 명 역시 잘 알려진 선수는 아니었다. 프랑스 선수 코스모는 준결승에 오른 적은 여러 번 있었지만 결승은 처음이었다. '언더독의 반란', '누가 이겨도 드라마' 같은 댓글이 인터넷 생중계 창을 가득 메웠고, 결승을 앞두고는 생중계 관람자 수가 4백만 명을 넘어섰다.

공상우는 대기실 거울에 비친 자신의 긴 팔을 보았다. 온몸에서 힘을 빼고 팔을 늘어뜨리면 식물이 된 것 같은 기분이 들었다. 이대로 가만히 서 있으면 팔이 더 길어져서 무릎까지 내려오고, 더 자라서 복숭아뼈까지 닿게 되고, 계속 자라다 땅을 짚을 수도 있게 되고, 결국 땅속으로 들어가서 뿌리가 될지도 몰랐다. 그래도 오늘은 긴 팔이 제 역할을 다한 것 같아서 마음이 뿌듯했다. 공상우는 오랜만에 춤을 춰보았다. 발을 까딱이고 골반을 흔들어보았다. 팔을 양쪽으로 뻗어보았다. 대기실 문이 갑자기 열렸다. 백건이 들어왔다.

"뭐 해? 춤추고 있어?"

"연습하고 있었어요. 태그 연습."

"천재 초능력자인데 예습도 철저히 하면…… 천하무적이겠어."

"그만 좀 하세요."

"그래, 알았다. 내가 특별한 손님을 모셔왔어. 공상우 최초의 팬클럽 회원이랄까."

"누군데요?"

"어서 들어와요."

백건이 가리킨 문으로 민시아가 들어왔다. 쇼핑백을 든 민시아는 공상우를 향해 걸어왔다. 쇼핑백에는 중국산 노트북 브랜드의 이름이 적혀 있었다.

"난 민시아라고 해. 경기 잘 봤어."

"응, 난 공상우. 경기 봤다고요?"

"잘하더라. 다른 선수들은 격렬하게 움직이는데, 넌 리드미컬하게 움직여서 보기 좋았어. 춤추는 것 같더라."

공상우는 당황해서 대꾸를 하지 못했다. 갑자기 나타나서 자신의 경기를 칭찬하는데 달리 할 말이 없었다.

"공상우 당황하는 거 보니까 진짜 재미있네. 저 사람은 진짜라고, 네가 자세하게 보라고 소리를 질러대던 바로 그 민시아 님을 모셔왔는데, 말도 안 하고 뭐 하는 거야?"

"어떻게 된 거예요, 코치님?"

민시아는 자연스럽게 의자에 앉았고 백건이 그 옆에 앉았다.

"코치님이 날 스카우트하셨어. 이름이 뭐랬죠? 화이트 건 스포츠 에이전시? 아무튼 날 키워보시겠대."

"네가 경기 준비하는 동안 내가 아마추어 결승전 챙겨봤어. 이야, 네 말처럼 정말 잘하더라고. 초능력까지는 모르겠지만 뭔가 남다른 게 있었어. 그래서 내가 바로 스카우트했지."

"그럼 뭐 해요. 마지막 라운드에서 지고 싸구려 노트북만 챙겼는데."

"햐, 거의 다 이긴 경기였는데 마지막 2초 남겨두고 태그 아웃 당했어. 사람들이 얼마나 비명을 질렀는지 몰라. 거기서 구경하는 사람들은 전부 민시아 편이었거든. 아마추어 사상 최초 5라운드 생존자가 될 수 있었는데 너무 아깝지. 아니, 그 자식은 그냥 좀 봐주지, 프로페셔널 선수가 일반인 태그 아웃 시키겠다고 아주 사력을 다하더구만.”

“천만 원 주기가 아까웠나 보죠.”

“999만 원까지 손안에 들어왔는데, 진짜 아까워.”

“이 노트북 얼마나 할까요? 한 200쯤 될까요?”

“미개봉 제품이니까 200 가까이 받을 수 있을 거야. 나한테 팔래? 120 줄게. 나 노트북 필요하거든.”

“200 받을 수 있는데 120에 팔라고요?”

“아니, 에이전시 대표니까. 아는 사람이고 지인 할인 같은 거 적용하면 좀 싸게 주고 그러는 거지. 이거 어디다 내놓고 팔려고 해봐, 얼마나 귀찮은 줄 알아? 직거래하려면 또 직접 나가서 얼굴 보고 제품 확인하고 얼마나 번거로워. 우리가 지금 이렇게 우연찮게 만났으니, 이게 다 직거래를 위한 자리로구나 이렇게 생각하면 싸게 주고 그럴 수도 있는 거 아닐까?”

“그럴 수 없는데요. 이거 비싼 값에 팔아서 아르바이트비 충당해야 해요. 오늘 아르바이트 잘렸거든요.”

“150은 어때?”

"170."

"잠깐만 기다려봐, 검색 좀 해볼게. 지금 최저가가 얼마쯤 하려나."

백건은 휴대전화를 꺼내서 노트북 가격 검색을 시작했다. 공상우는 벽에 기대선 채 두 사람의 긴 대화를 지켜보았다. 경매 현장에 온 것 같은 착각이 들 정도로 박진감 넘치는 현장이라니……. 방금 만난 두 사람이 저렇게 자연스러운 대화를 이어나가는 게 그저 신기하기만 했다.

"최저가 얼마예요?"

"이거 봐. 내가 이럴 줄 알았어. 노트북 가격이 많이 떨어졌네. 전자 제품 가격이란 게 나 같은 중년 남자의 체력과 비슷한 거야. 하루하루 뚝뚝 떨어지고, 잠깐만 한눈팔면 거의 바닥이 되어버리거든. 170까지 떨어졌네. 그러면 130으로 가야겠어."

"좋아요, 20 손해 볼게요. 150."

백건이 갑자기 일어서더니 민시아에게 손을 내밀었다. 민시아가 백건의 손을 잡았다.

"좋은 거래였어."

"네. 잘 쓰세요."

대기실 문이 열리고 스태프 한 명이 고개를 들이밀었다. 표정에는 약간의 짜증이 담겨 있었다. 거머쥔 주먹으로 문을 세 번 두드리며 말했다.

"공상우 선수 출전 안 해요?"

스태프 얘기를 듣고서야 백건은 아주 오랫동안 잊고 있던 걸 깨달았다는 표정을 지었다.

"맞아. 공상우, 경기해야지."

"빨리도 알아주셨네요. 노트북 흥정이 안 끝나면 경기 출전 포기하려고 했어요."

"무슨 소리야. 여기 네 응원단이 다 모여 있는데."

"공상우, 응원할게."

민시아가 양손을 쥐어 보였다. 공상우는 손에 난 땀을 티셔츠에 닦았다. 손에서 계속 땀이 흘렀고 어깨가 뻐근했다.

"코치님, 작전 같은 거 없어요?"

"아, 작전. 있지. 내가 코스모 선수 분석을 해봤는데 말야, 마땅히 약점 같은 게 없더라고. 굉장히 잘하는 선수야. 그렇지만 너보다 뛰어난 점도 없어. 그러니까 잘해보면 될 거야."

"그게 다예요? 약점이 없는 선수니까 알아서 잘 싸워라?"

"너를 믿는다, 공상우."

"공상우, 내가 충고 하나 해줄까? 오늘 WCT라는 경기를 처음 해봤지만 내가 도망치는 거 하나는 정말 잘하거든."

민시아가 공상우에게 다가가며 말했다.

"나야 당연히 고맙지."

"코스모가 누구인지는 몰라도 사람 심리는 비슷하거든. 선수들은 대부분 어디로 도망갈지 계획을 세우고 동선을 짠단 말야. 퇴로를 먼저 생각하고 상대방의 움직임을 나중에 보는 거지. 그럼 자신도 모르게 몸이 탈출구 쪽으로 움직일 수밖에 없어. 수비할 때는 경기장 한가운데에 서. 그리고 네가 어디로 갈지 미리 예측하지 말고, 장애물도 생각하지 말고, 코스모 눈만 똑바로 봐. 그리고 네 몸을 완전히 너에게 맡겨. 코스모가 움직이는 반대 방향으로 움직인다는 생각만 해. 에밀 아자르가 그랬어. '밖으로부터의 폭력은 도망가버리면 그만이지만 안에서 생기는 폭력은 피할 길이 없다.' 그게 무슨 말이겠어. 네가 먼저 퇴로를 염두에 두고 있으면 모든 퇴로가 사라지게 되는 거야."

"에밀 누구라고?"

"있어, 프랑스 소설가."

"그래, 네 말대로 해볼게. 잘 될지는 모르겠지만."

공상우는 경기장으로 걸어 나가면서 에밀 누군가의 말을 생각했다. 밖으로부터의 폭력은 도망가버리면 그만이라고? 폭력을 잘 모르는 사람이 분명하다고 생각했다. 갇힌 사람에게 밖으로부터의 폭력이 얼마나 무서운지 에밀 누군가 하는 자식은 분명히 잘 모르고 있다. 사방이 폭력일 때, 도망갈 수 없을 때, 그게 아버지일 때, 차라리 안에서 생기는 폭력을 즐기게 된다. 안에서 생기는 폭력은 몸속에서 터뜨려버리면 된다. 그러면 그게 에너지가 될 때도 있다. 에밀 누군가 그 자식도 무슨 사연이 있겠지. 그래서 그런 말을 했던 거겠지. 민시아가 그 말을 인용한 다음 뭔가 덧붙였는데, 그건 기억나지 않았다. 밖으로부터의 폭력, 점점 나를 옥죄어오는 폭력, 폭력에 포위된 상태, 경험해보지 못

한 사람은 상상할 수조차 없다. 자꾸만 몸이 굳어갔
다. 공상우는 가볍게 점프하면서 몸을 풀었지만 발에
다 무거운 추를 매단 것처럼 점점 무거워졌다.

D - 65

4:00 pm

"자, 결승전이 막 시작됐습니다. 코스모 선수부터 입장하는군요. 지난해와 비교하면 놀라울 정도로 몸이 변했어요. 1년 동안 얼마나 많은 노력을 했는지 알 수 있습니다. 코스모 선수, 컨디션이 어때 보이나요?"

"보통 WCT 선수들은 스피드가 중요하기 때문에 벌크업을 하는 경우가 드문데요, 코스모 선수는 순발력보다는 체력 쪽에 중점을 둔 모양입니다. 예선전부터 준결승까지 아주 간단하게 상대를 제압한 걸 보면 그 성과가 보인다고 할 수 있겠죠."

"다음으로 공상우 선수가 입장하고 있습니다. 한국

선수가 개인전 결승에 오른 건 처음이죠?"

"팀 대항전에 오른 적은 있지만 개인전은 처음입니다. WCT에서는 아무래도 개인전보다 팀 대항전을 중요하게 생각하거든요. 내일 펼쳐질 한국 팀의 시합도 무척 기대가 됩니다."

"한국 팀에 공상우 선수의 이름은 보이지 않더군요."

"예, 그렇지만 대회가 끝나면 많은 곳에서 공상우 선수를 스카우트하려고 할 겁니다."

"자, 두 선수 동전 던지기로 선공을 정하고 있습니다. 동전 던지기는 보통 어떤 동전을 던지나요?"

"네?"

"세계 대회이다 보니 아무래도 공식 동전을 쓰게 되겠죠?"

"심판이 결정을 할 겁니다."

"심판이 그날 기분에 따라서 집에서 쓰고 있던 동전을 가지고 나오나요?"

"그건 심판 마음 아닐까요? 집에 동전이 없을 수도 있고요, 요즘은 전자화폐 시대이니 집에 동전이 없는 경우가……."

"예, 코스모 선수가 선공으로 정해졌군요."

"(마이크 끄고) 갑자기 동전 얘기는 뭐야?"

"(마이크 끄고) 그냥, 재미있잖아. 왜, 몰라서 쪽팔려?"

"(마이크 끄고) 야, 그런 거 물어보려면 사전에 얘길 해야지."

"코스모 선수 가볍게 몸을 풀고 있습니다. 공상우 선수보다 키가 5센티미터는 더 큰 것 같은데요. 키가 크면 아무래도 유리하겠죠?"

"꼭 그렇지는 않습니다. 장애물이 많기 때문에 키가 작은 선수들이 유리할 때도 있죠. 만약 순발력이 똑같다면 팔이 긴 쪽이 유리할 겁니다. 스포츠에서는 윙스팬이라고 해서 두 팔을 양쪽으로 뻗은 길이를 재는데요, 농구 선수와 배구 선수는 윙스팬이 긴 게 특히 유리하죠."

"(마이크 끄고) 공상우 윙스팬 알아?"

"(마이크 끄고) 그걸 내가 어떻게 아냐? 적어놓지도 않았는데."

"공상우 선수는 키에 비해 팔이 무척 길어 보이는데요."

"네, 윙스팬이 80인치도 넘어 보이네요. 저 정도면 타고난 WCT 선수네요."

"한국에서 윙스팬이 가장 긴 스포츠 선수는 누군가요?"

"농구나 배구 쪽에 있겠죠?"

"(마이크 끄고) 몰라?"

"(마이크 끄고) 내가 인터넷이냐?"

"(마이크 끄고) 그럼 빨리 검색해봐. 뭔 해설이 아는 게 하나도 없어."

"(마이크 끄고) 그게 뭐가 중요해? WCT 경기 중계나 잘하면 되지."

"네, 농구나 배구 선수 중에서 자신의 윙스팬이 가장 길다고 생각되는 선수는 댓글 달아주시고요. 말씀드리는 순간, 선수들이 위치를 잡고 있습니다."

"보통 축구 경기에서는 피파의 공식 동전을 사용하거든요. WCT에는 아직 공식 동전이 없는 걸로 알고 있습니다."

"네, 동전에 그런 일들이 있었군요. 정말 심판 마음대로 동전을 고르는 거네요."

"그렇죠. 어떤 동전이나 양면이 있으니까요."

"(마이크 끄고) 그게 뭔 소리야? 동전의 양면이 왜 나와?"

"(마이크 끄고) 왜? 동전 얘기 해달라며?"

"경기가 워낙 순식간에 끝나다 보니까 준비를 하는 선수들도 긴장을 할 수밖에 없겠어요. 선수 때 긴장 많이 하는 걸로 유명하셨죠?"

"지금 공상우 선수가 특이한 작전을 구사하네요."

"네, 이베이더가 경기장 한가운데 있는 모습은 처음 보는 것 같습니다. 보통 경기장의 구석을 선택하는데요. 체이서와의 거리가 가장 멀기 때문에 시간을 벌 수 있거든요."

"공상우 선수의 자신감일까요?"

"결승전이기 때문에 그동안 보여주지 못한 작전을 구사하는 모양입니다."

"말씀드리는 순간, 경기 시작됐습니다. 코스모 선수 빠른 속도로 다가갑니다. 코스모 선수 양팔을 벌리고 마치 양치기가 양을 모는 것처럼 몰아갑니다. 공상우 선수 도망갈 쪽을 선택해야 할 텐데요, 전혀 움직이질 않습니다. 코스모 선수, 태그 하기 위해 공상우 선수에게 손을 뻗습니다. 이제 움직이는군요. 공상우 선수 오른쪽으로⋯⋯. 아, 이게 뭔가요, 공상우 선수 허무하게 태그 아웃 당합니다. 4초 25, 결승전에서 너무 빨리 아웃 당하고 맙니다."

"글쎄요, 어떤 작전인지 이해하기 어렵네요. 가만히 서서 나 태그 해라, 이런 모습이었거든요."

"자, 나를 태그 아웃 시켜라. 나는 그것보다 더 빨리 태그 해주겠다. 이런 메시지일까요?"

"그러기에는 지나치게 초고속으로 아웃 됐어요. 아무리 생각해도 어이없네요."

"자, 이번에는 공수가 바뀝니다. 결승전은 총 2회의 공격과 수비를 하게 되는데요. 공상우 선수, 앞으로 어떤 경기를 펼칠지 기대해보겠습니다."

"공상우 선수 컨디션에 문제가 있는지도 모르겠습니다. 지금 어깨에 힘이 잔뜩 들어가 있는 게 보이죠?"

"근육 아니고요? 힘이 들어간 겁니까?"

"근육 아닙니다. 어깨가 뻣뻣하잖아요."

"공상우 선수 출발했습니다. 코스모 선수는 정석대로 좌측 구석에서 공상우 선수를 기다리고 있습니다. 공상우 선수 손을 뻗는데요. 아, 코스모 선수 여유 있게 빠져나가는군요. 7초 지나고, 8초, 9초, 공상우 선수 쫓아가봅니다만 코스모 선수가 워낙 빨라요. 14초, 15초, 힘들겠어요. 19초, 네, 탈출 성공입니다. 이렇게 해서 1라운드는 코스모 선수의 압승으로 끝납니다. 2라운드에서 대단한 반전이 있어야겠어요."

"조금 전 장면에서 공상우 선수를 자세히 보시면 준결승전까지의 모습과는 완전히 다릅니다. 팔을 쭉 뻗지 못하고 자신감이 떨어져 있거든요. 마치 팔을 다 뻗는 게 쑥스럽다는 듯이 경기를 하고 있어요."

"WCT 선수가 팔 뻗는 게 쑥스럽다니, 재미있는 해석이군요."

"자신의 실력을 모두 보여주지 않겠다, 그런 모습 같아요. 이해할 수가 없습니다."

"네, 2라운드는 공상우 선수의 추격으로 시작합니다. 코스모 선수, 1라운드의 우위 덕분에 훨씬 여유 있어 보입니다."

"코스모 선수는 10초 정도만 버티면 거의 우승이 확실해지겠습니다. 공상우 선수, 어떤 작전인지는 모르겠지만 경기를 이런 식으로 해서는 성장할 수가 없어요."

"공상우 선수 달려갑니다. 1라운드보다 훨씬 빨라진 모습이에요. 팔을 길게 뻗어보는데요. 아, 공상우 선수 저게 뭐죠? 팔에다 뭔가 부착물을 달았나요? 팔이 순간적으로 길어진 것처럼 보였는데요. 코스모 선수 당황하지 않고 옆으로 빠져나갑니다. 공상우 선수 팔이 좀 이상하지 않았나요?"

"경기가 끝나고 나서 비디오 판독이나 정밀 진단을 해봐야겠지만, 만약 인공 신체를 부착한 것이라면 징계를 피하기 어려울 겁니다. 지금 언뜻 봐서는 오른쪽 팔에 뭔가 추가된 것처럼 보였거든요."

"네, 제 눈에도 갑자기 팔이 길어진 것처럼 보였어요. 피노키오는 거짓말하면 코가 길어진다던데, 공상우 선수는 거짓말하면 팔이 길어지는 것 아닐까요?"

"(마이크 끄고) 진심으로 하는 얘기야?"

"(마이크 끄고) 진심이겠냐? 농담이지."

"(마이크 끄고) 농담 수준하고는, 참 내……."

"공상우 선수, 거짓말을 할 선수 같지는 않은데요."

"결승전에 오르기까지 수많은 화제를 불러일으켰던 공상우 선수, 이렇게 갑자기 무너지나요, 안타깝습니다. 코스모 선수의 반사 신경도 놀랍습니다. 아, 20초가 지났습니다. 코스모 선수 우승을 확정 짓네요."

"코스모 선수 축하합니다. 놀라운 기량으로 우승을 차지했습니다. 공상우 선수에게도 박수를 보내고 싶네요."

"오늘 중계는 여기서 마치고, 내일 팀 대항전으로 다시 돌아오겠습니다."

D - 1

　민시아와 공상우를 처음 만났을 때 내 귀는 작동 불능 상태가 되었다. 윙……, 하는 소리가 들릴 뿐이었다. 노이즈 캔슬링 헤드폰을 쓰고 더 레인코츠The Raincoats의 뜨거운 노래 〈Fairytale in the Supermarket〉을 듣고 있었는데 갑자기 모든 음악이 사라져버렸다. 헤드폰 안에 있는 작은 구멍으로 소리가 빨려 들어가버렸다. '너를 처음 만났을 때 내 귀에서 커다란 종소리가 울렸어' 같은 말을 나는 믿지 않았다. 세상에 그런 달콤한 소리는 존재하지 않는다고, 그건 뇌가 만들어낸 가짜 소리라고, 금방 녹아버릴 솜사

탕 같은 환청이라고 생각했다. 세상에 없는 소리가 생겨나지는 않지만 있던 소리를 없앨 수는 있구나, 두 사람을 만나고 그걸 알게 됐다.

노이즈 캔슬링 헤드폰의 원리와 비슷했다. 액티브 노이즈 캔슬링은 소리로 소리를 사라지게 한다. 일상적인 소음을 헤드폰의 마이크로 받은 다음 상쇄 간섭을 만든다. 그럼 원하지 않는 소리가 사라진다. 노이즈로 노이즈를 없애는 것이다. 노이즈 캔슬링이 모든 소리를 없애주지는 못한다. 일상의 소리만 캔슬 시킬 수 있다. 규칙적인 소음만 사라지게 할 뿐 사람들의 목소리는 완벽하게 사라지게 하기 힘들다. 목소리의 높낮이와 크기가 달라서 선택적 제거가 힘들기 때문이다. 그것만 가능하다면, 세상 모든 인간들의 소리를 음소거시킬 수 있다면, 노벨상을 예약한 것이나 다름 없을 텐데. 가격이 얼마가 되더라도 그 헤드폰을 사고야 말 것이다.

두 사람이 나타나는 타이밍도 절묘했다. 〈Fairytale in the Supermarket〉에는 "그렇지만 걱정하지 마, 자기야 걱정하지 마"라는 대목이 나오는데, 그 부분이 흘러나올 때 두 사람을 만났고 그 뒤로는 모든 소리가 사라졌다. 마치 나에게 말하는 소리처럼 들렸다. 이제 우리가 나타났으니 아무런 걱정 하지 마, 앞으로는 우리만 믿으면 모든 게 잘 해결될 거야, 라고 얘기하는 것 같았다.

내일이면 세상이 깜짝 놀랄 일을 계획하고 있으면서도 마음이 이토록 평화로운 것은 모두 두 사람 덕분이다. 그리고 함께 있는 친구들 덕분이다. 예전이나 지금이나 나는 노이즈 캔슬링 헤드폰을 항상 착용하고 있다. 음악을 듣기도 하고, 화이트 노이즈를 듣고 있을 때도 있고, 아무런 소리도 듣지 않은 채 헤드폰만 쓰고 있기도 한다. 음악을 듣지 않을 때도 세상의 노이즈는 별로 듣고 싶지 않다.

충전은 어떻게 하는지 궁금해하는 사람이 많다. 충전 중에는 헤드폰을 쓸 수 없으니까. 바보 같은 질문. 왜 헤드폰이 하나일 거라고 생각하지? 같은 헤드폰이 세 개 있고, 여분으로 다른 브랜드의 노이즈 캔슬링 헤드폰이 두 개 더 있다. 충전되지 않은 노이즈 캔슬링 헤드폰은 아무짝에도 쓸모가 없다. 친구들은 함께 있을 때 헤드폰을 벗고 있으면 어떠냐고 묻는다. 이제는 벗는 게 더 어색하다. 쓰고 있어도 너희들 목소리는 다 들려. 무슨 말 하는지도 다 알고, 누가 어떤 한숨을 쉬는지는 눈 감아도 다 들리지. 소통에는 별다른 어려움이 없다.

음악을 들으면서 이 글을 쓰고 있는데, 내가 가장 좋아하는 엑스레이 스펙스X-Ray Spex의 1977년 앨범에 들어 있는 〈Oh Bondage Up Yours!〉가 흘러나오고 있다. 이 곡이 나오면 모든 일을 멈추게 된다. 나는 다시 태어난다면, 혹시 로봇이 되어 영생하게 된다면, 이 노래로 변할 것이다. 모든 육체를 해체하고 내 모든 생각과 감각과 기억을 디지털로 변환한 다음 정확히 2분 47초의 노래가 될 것이다. 이 노래에는 명쾌한 전진이 있고 슬픔이 있고 아찔한 쾌락이 있고 색소폰이 있고 자본주의가 있고 쇼핑이 있고 미친 목소리가 있고, 끝내 혼란과 광기와 절망이 하나의 점으로 귀결되면서 노래의 마침표가 된다. 3분도 안 되는 시간 속에 그 모든 것이 들어 있으니, 나는 지구가 사라질 때까지 무한 재생되는 이 노래가 될 것이다.

경기가 끝나고 정밀 진단을 실시했지만 공상우의 몸에서는 아무런 이상도 발견되지 않았다. 화면을 수십 번 돌려본 카메라 심사관들은 갑자기 길어진 공상우의 팔이 미심쩍었지만 카메라의 오류로 결론 내릴 수밖에 없었다. 그러지 않고서는 설명이 불가능했다. 팔에는 인공 보조 장치나 이식의 흔적이 없었다.

"어떻게 한 거야?"

경기장 바깥 벤치에 앉아서 백건이 나오길 기다리고 있을 때, 민시아가 공상우에게 가까이 다가가며 물었다.

"뭘 어떻게 해?"

공상우가 놀라며 되물었다.

"그 팔 말야. 순간적으로 확 늘어나던데? 인공 보조물은 없었지만 뭔가 비밀이 있는 거지? 마술 같은 건가? 만리장성을 통과하는 것처럼 갑자기 팔이 다른 차원으로 들어갔다가 나오는 거야?"

"만리장성을 통과해?"

"마술사 있잖아. 데이비드 누군가가 만리장성 통과하는 마술을 했잖아. 이쪽에서 사라지고 저쪽에서 나타나고."

"그건 전부 다 트릭이지."

"트릭일 수도 있고 진짜 다른 차원이 있는지도 모르지. 아니면 그 마술사가 기계 인간이라서 만리장성을 몸으로 뚫었을지도 모르고."

"만리장성을 부순 거면 문화재 파손으로 구속됐을 거야."

"어떻게 한 거야? 어깨 탈골시킨 건 아니지? 해설자가 그런 말 하더라."

"나, 팔이 늘어나."

"왜?"

"'진짜?'라고 물어봐야 하는 거 아냐?"

"넌 거짓말 못하게 생겼어. 사실이겠지. 그러니까 왜 늘어나는 거냐고."

"나도 잘 모르겠어. 초등학교 2학년 때였던가. 친구 집 옥상에 올라가서 논 적이 있어. 둘이서 장난을 치면서 놀다가 친구가 나를 밀었는데 내가 넘어지면서 발이 걸린 거야. 옥상에서 떨어지는 줄 알고 뭐라도 잡고 싶어서 팔을 뻗었는데, 정말 이상한 기분이 들었어. 팔꿈치가 쭉 늘어나는 것 같더니 숨어 있던 뼈가 솟아나는 기분이었어. 날개가 돋는다면 그런 느낌일 거야."

"옥상에서는 안 떨어졌어?"

"나 혼자 괜히 떨어질 걸 걱정한 거야. 난간은 저쪽 멀리 있는데. 겁이 많은 아이였어."

"그때부터 팔이 늘어나게 됐어? 너 남들보다 팔이 길잖아."

"이상한 느낌이 들었던 건 오른쪽 팔이었거든. 근데 두 팔의 길이를 재봤더니 똑같아. 기분만 그런 거구나,

순간적으로 놀라서 팔이 늘어난 것처럼 느껴졌구나, 그렇게 생각했지. 중학교 때 폭풍 성장 하면서 키도 많이 자라고 팔도 길어져서 잊어버리고 살았는데, 한 번 더 그런 일이 있었어. 체육 시간에 배구 시합을 했어. 수비하면서 팔을 쭉 뻗었는데, 뻗으면서 '아, 이건 꼭 살리고 싶다'고 생각했는데, 팔이 늘어나는 것 같은 거야. 무엇인가 급박하게 붙잡고 싶을 때 나도 모르게 팔이 늘어나는 건가 봐."

"초능력 같은 거네."

"이걸로는 아무것도 못 하는데 무슨 초능력이야."

"다른 사람하고 다른 거잖아."

"다른 사람하고는 비교도 못하게 능력이 뛰어나야 초능력인 거지. 팔이 잠깐 길어지는 걸로 뭘 해."

"배구 시합 때도 써먹었잖아."

"그때 공을 못 살렸어."

"팔만 잠깐 늘어나고?"

"늘어났는지도 정확히는 모르지. 아무도 보지 못했으니까. 혹시 그 공을 내가 살렸으면 친구들이 알아차렸을지도 모르지만. 오늘도 그랬잖아. 팔이 늘어났지만 그걸로 경기를 이긴 건 아니잖아."

"아마 네가 그 능력을 온전히 살리지 못해서 그럴 거야. 계속 연습하면 팔이 늘어나는 걸 네 마음대로 할 수 있을지 몰라."

"헐크처럼?"

"헐크가 그런가?"

"브루스 배너 박사도 처음엔 헐크를 통제하지 못하다가 나중에는 헐크를 자유자재로 불러내잖아."

"그랬어? 그럼 너도 그렇게 될 수 있겠네."

"나는 오히려 팔이 늘어나지 않았으면 좋겠어. 두 팔 모두 줄어들었으면 좋겠어. 너무 길어."

"무슨 소리야, 네 팔이 얼마나 멋있는데."

"내 팔이?"

"너 경기할 때 보면 춤추는 것 같다고 했잖아. 춤추는 사람들이 제일 부러워하는 게 뭔 줄 알아? 긴 팔과 긴 다리. 너는 축복받은 댄서의 몸이야."

"그래도 난 좀 줄어들었으면 좋겠어."

"그러고 보니 나한테도 비슷한 초능력이 있네."

"넌 뭔데?"

"도망치는 초능력."

"그건 능력이지, 능력. 팔이 길어진다거나 몸이 변한다거나 어디가 이상해지는 건 아니잖아."

"나도 이상해져."

"진짜? 어디가 이상해지는데?"

"부끄러워서 말 안 해."

"말해봐. 나도 말했는데."

백건이 가방을 둘러메고 건물 바깥으로 나오면서 욕을 해댔다. "빌어먹을 놈들, 실격도 아닌데 뭐가 그렇게 말이 많아. 내가 더러워서 내년에 참가하나 봐라. 우리 상우가 조회 수를 얼마나 올려줬는데, 빌어먹을 개새끼들이⋯⋯." 혼잣말인지 자신을 기다린 두 사람에게 미안해서 그런 것인지 알 수 없게 중얼거렸다.

"어, 많이 기다렸지? 미안, 대회 운영진 놈들이 말이 많아서 늦었어. 우리 저녁 먹으러 가자. 맛있는 거 사줄게."

"뭐 사줄 건데요? 노트북 싸게 산 기념으로 소고기 사줘요."

민시아가 시비를 걸듯 장난스럽게 말했다.

"소고기 안 사주고 새 노트북 사는 게 낫겠다."

"그것도 새 노트북이에요. 뜯지도 않고 바로 넘겼잖아요."

"참, 좀 전에 이체했는데 봤어?"

"통장 확인했어요."

"그럼 돈도 들어왔는데 네가 소고기 사지그래?"

"제가 살게요. 준우승 상금 받았잖아요."

"상금을 못 주겠대, 운영진 놈들이."

"왜요?"

"경기 내용을 비디오로 다시 한번 정밀하게 확인해서 아무런 이상이 없을 때 지급하겠대."

"상금 받을 거예요. 우리가 잘못한 게 없는데 뭐가 걱정이에요. 제가 살게요."

"상금이 얼만데?"

"얼마죠, 코치님?"

"2등 상금이…… 보자, 5백만 원인가 그럴 거야."

"어라, 그것밖에 안 줘요?"

"2등까지는 다음 세계선수권대회 자동 진출이야. 다음에 1등 하면 되지."

"우와, 우리 공상우 자신감 많이 자랐네. 좋아 좋아. 오늘은 특별히 좋은 날이니까 상우 네가 사라. 가자, 먹으러."

세 사람은 경기장을 나섰다. 토요일 저녁이어서 거리는 북적거렸고, 가을의 날씨는 싱그러웠다. 민시아는 순간을 저장해두고 싶은 마음에 고개를 돌려 경기장을 돌아보았다. 거대한 건물 뒤로 파란 하늘이 펼쳐져 있었다.

"여기 모여 서봐요. 우리 기념사진 하나 찍어요."

공상우와 백건은 어색하게 웃었고, 민시아는 세 사람을 화면에 담았다. 사람들의 얼굴은 작게, 건물의 모습은 크게, 하늘은 더욱 광활하게 담긴 사진이었다. 나중에 알게 되는 사실이지만, 이 사진에는 이들과 함께 여러 사건을 겪게 될 한 사람이 더 포착됐다. 누군가가 세 사람을 향해 걸어오고 있었고, 가장 크게 확대를 하면 얼굴을 겨우 알아볼 수 있을 정도의 크기로 화면 속에 들어왔다.

"저……, 잠깐 이야기 좀 할 수 있을까요?"

사진을 찍고 있을 때 누군가가 말을 걸어왔다. 160센티미터 정도의 키에 단발머리를 한 20대 후반의 여자였다. 짙은 선글라스로 눈을 가렸고, 메신저백을 길게 늘어뜨려 메고 있었다.

"아, 우리는 벌써 도를 잘 알고 있는데 어쩌나……, 주소를 잘못 찾아오셨네. 여기 이 두 분이 완전 도인이시거든요."

백건은 당신이 누구인지 잘 알고 있다는 듯 비아냥거렸다. 말을 걸어온 여자가 코웃음을 쳤다.

"저도 도에는 관심 없고요. 저기 공상우 선수에게 잠깐 드릴 말씀이 있는데요."

"저한테요?"

"아까 경기를 인상적으로 봤어요. 이상한 사람 아니니까 시간 나면 이 명함에 있는 사이트에 한번 들러주세요."

여자가 명함을 내밀었고 공상우가 받았다. 명함에는 '초클'이라는 글자가 커다랗게 적혀 있었고, 그 아래에 웹사이트 주소, 전화번호가 있었다. 전화번호 아래에 '유진'이라는 이름이 있었다.

"이게 뭔데요? 초클?"

"여기 다른 분들은 이해하기 힘드실 테니 집에 가면 혼자 보시고요. 제 이름은 유진이라고 해요. 웹사이트 보고 마음이 움직이면 그때 연락주세요."

백건이 두 사람을 가로막았다.

"유진 씨, 거 무슨 일인지는 모르겠지만 내가 이 사람 매니저입니다. 미확인 전단지는 함부로 받을 수가 없어요."

"길게 말씀드리지 않을게요. 공상우 씨, 저는 오늘 분명하게 다 봤어요. 세상의 미세한 틈을 저는 봐요. 오늘도 기적 같은 순간을 볼 수 있었고요. 연락주세요."

유진은 말을 끝내고 선글라스를 한번 만지작거리더니 곧장 돌아섰다. 백건이 뭐라고 소리쳤지만 뒤도 돌아보지 않았다. 유진의 메신저백에는 작은 인형과 열쇠고리가 가득 매달려 있었다. 걸을 때마다 여러 종류의 인형이 함께 덜렁거렸다. 마치 작은 인형들의 동물원을 옮기는 모습처럼 보였다.

D - 65

7:00 pm

　세 사람은 함께 웹사이트를 보았다. 공상우 혼자 보 겠다고 했지만 백건은 '웹사이트에서 이상 전파를 발 생시켜 너를 최면에 빠뜨리려고 하는 것인지도 모른 다'면서 함께 봐야 한다고 주장했고, 민시아는 새롭고 재미난 구경거리를 포기할 사람이 아니었다. 고기를 먹는 중에는 따로 할 일도 없었다. 백건은 노트북 포 장을 뜯고 간단한 설정을 마친 다음 웹사이트에 접속 했다. 15인치 화면이어서 세 사람이 함께 보기에 충분 했다.

　"초인간클랜? 이게 무슨 말이야?"

웹사이트 대문에 적힌 '초인간클랜'을 백건이 소리 나게 읽었다.

"아저씨, 우리 전부 다 같이 처음 보는 사람들인데 그런 식으로 질문을 하면 누가 답변을 할 수 있겠어요? 그나저나 노트북 탐나네요. 너무 싸게 팔았나 봐요."

"코치님, 그런데 클랜이 무슨 뜻이에요?"

"나는 초인간이 무슨 뜻인지도 모르겠다."

"클랜이 무슨 뜻이냐면, 음……, 인터넷에서 똑같은 게임을 즐기는 사람들이 모여서 만든 모임, 특정 이유로 모인 집단, 뭐 이런 뜻이네요. 그럼 초인간들이 모인 집단?"

"그래 맞아. 우리 어릴 적에 '우탱 클랜Wu-Tang Clan'이라는 힙합 그룹이 있었어."

"그런 사람들이 왜 나한테 연락처를 줬을까요?"

"여기 뭐라고 적혀 있네요. 우리는……, 무엇이 되고 싶은가, 그리고, 우리는 무엇을……, 원하고 싶은가."

"심오하네."

"그 아래에 있는 영상 클릭해봐요."

백건은 조심스럽게 터치패드로 영상을 클릭했다. 긴 머리의 여자가 나타났다. 민시아는 그 여자를 보는 순간, 뮤지션 패티 스미스Patti Smith를 닮았다고 생각했다. 그가 쓴 『저스트 키즈』의 표지에서 보았던 모습, 카메라를 뚫어지게 응시하면서 손가락으로 어떤 형상을 그리던 게 떠올랐다. 민시아는 한 문장을 기억해냈다.

뉴욕 날씨는 더웠지만 나는 아직 레인코트를 입고 있었다.

민시아는 책 속의 이상한 문장을 자주 기억했다. 다른 사람들은 눈여겨보지 않는, 절대 기억하지 못할 문장을 혼자 기억했다 조용히 속삭였다. 뉴욕 날씨는, 더웠지만, 나는, 아직, 레인코트를 입고, 있었다, 그런 마음으로 살아야지, 내 몸에는 레인코트가 있는 거야, 나는 어딜 가나 레인코트를 입고 있는 거야, 레인코트는 나의 갑옷이야, 문장을 읽으면서 그렇게 혼자 되뇌었다. 검은색 터틀넥을 입은 마른 몸매, 앙상한 어깨와 마른 손가락을 보면서 민시아는 멋지다고 생각했다. 영상 속의 얼굴이 패티 스미스는 아니었지만, 패티

91

스미스가 자신에게 하는 말이라고 생각하면서 보았다. 여자가 화면을 보며 말했다.

당신에게는 어떤 능력이 있어요? 하늘을 나는 능력? 자동차보다 빨리 달릴 수 있는 능력? 불을 뿜는 능력? 아니면 물속에서 숨 쉬지 않고 참는 능력? 하하하, 우리에게 그런 게 있을 리 없잖아요. 우리는 인간이에요. 만약 그런 능력이 있다면 우리는 인간이 아니라 기계겠죠. 기계가 아니라면 외계인이겠죠. 그렇지만 슬퍼하지 마세요. 하나님은 인간을 창조할 때 대단한 초능력을 주지는 않았지만 각자에게 어울리는 능력을 딱 하나씩 주었어요. 우리가 그걸 모를 뿐이에요. 우리가 그걸 사용하지 못할 뿐이에요. 자신에게 어떤 초능력이 있는지 궁금하지 않으세요? 각자에게 맞는 능력을 발견한다면, 우린 모두 초인간이 될 수 있어요. 지금 초클을 찾아와요. 당신을 기다리고 있을게요.

"사이비 종교네."
영상이 끝나자마자 백건이 소리를 질렀다.
"내가 그 여자가 가방 둘러메고 올 때부터 딱 알아

봤어. 그런 사람들은 특유의 에너지가 있다니까. 어디 나를 속이려고……."

민시아는 트랙패드를 만지작거리면서 웹사이트를 더 둘러보려고 했다. 동영상의 조회 수는 500이 조금 넘는 정도였다. 더 이상의 정보는 없었다. 가입할 수 있는 페이지도 없었고, 찾아갈 수 있는 주소도 없었다. 정지된 화면 속에서 패티 스미스를 닮은 여자가 두 팔을 벌린 채 이쪽을 바라보고 있었다.

"나, 여기 뭔가 있는 것 같아."

민시아가 웅얼거렸다.

"뭐가 있는 것 같아?"

공상우가 고기를 집어 먹으면서 물었다.

"너, 세계적인, 그리고 유명한 사이비 종교 중에……, 그렇다고 이 사람들이 사이비 종교라는 건 아니고……, 그런 종교를 이끄는 교주 중에 여자 본 적 있어?"

"여자? 사이비 종교의 여자 교주라……. 없었던 것 같네."

"왜 없는 줄 알아?"

"글쎄……, 굳이 그럴 필요가 없나?"

"무슨 필요가 없어?"

"굳이 종교를 만들어서 교리를 만들고, 리더가 되고, 나를 따르라고 소리 지르고, 그렇게 귀찮은 일을 하는 사람들은 대부분 남자들이잖아."

"공상우, 너 은근 논리적이네. 책 많이 읽어?"

"아니, 책은 안 읽는데?"

"또 하나의 이유가 있어. 사이비 종교들은 여자들을 성 노예로 삼기 위해서 만들어진 게 많아. 자신의 아이를 잉태하면 신의 자궁 역할을 하게 되는 거라고 수작을 부리지만, 그냥 교주들이 자신의 성욕을 채우려 드는 거지. 저 영상을 봐. 그런 기운이 하나도 없잖아. 나하고 같이 가보자."

"마찬가지면 어떻게 해? 저 여자가 사이비 종교의 교주이고, 네 말대로 성 노예를 원하는 거라면 나 같은 남자가 필요하겠지."

"그러니까 내가 따라가겠다잖아. 저 여자, 만나보고 싶어."

"너 혼자 가서 만나봐."

"명함을 받은 건 너잖아. 내가 연락하면 이상하지. 그 사람들은 너한테서 특별한 기운을 발견한 거잖아."

　옆에서 두 사람의 대화를 지켜보면서 조용히 고기를 먹던 백건이 끼어들었다.

　"나도 같이 갈까? 우리는 팀이잖아. 사이비 종교라면 더더구나 나 같은 어른이 함께 가야지. 일종의 보호자랄까."

　"우리도 어른인데, 왜 보호자가 필요해요?"

　"요즘 20대가 무슨 어른이야, 아직도 애들이지."

　"아저씨, 그딴 소리 하려면 코치고 뭐고 다 그만두세요. 진짜 어른이면 모든 사람을 어른으로 대해야죠. 누군가를 아기 취급 하는 사람은 그 사람이 아기라는 뜻이에요."

　"그래, 미안하다. 둘이 갔다 와."

　"사과가 빠른 걸 보니 어른이네."

　"코치님, 저도 안 갈 거니까 걱정 마세요. 시아 혼자 갔다 오라고 해요. 제가 '초클' 검색해봤더니 게시물이 하나도 없어요."

　"단 하나도?"

"단 하나도."

"나처럼 초대받은 사람이 있었을 텐데 이렇게 글이 하나도 없다는 게 이상하지 않아? 너무너무 좋은 곳이어서 글을 쓸 여유가 없거나 몹시 이상한 곳이어서 글을 쓸 수 없는 상황이 되었거나……."

"그걸 알아보러 가자."

백건과 공상우는 대꾸하지 않고 조용히 고기를 먹었다. 고기를 먹으면서도 민시아의 따가운 눈빛을 느꼈다. 조금 덜 익은 고기도 바싹 익혀 먹을 수 있을 것 같은 눈빛이었다. 민시아는 두 사람을 한참 바라보다가 입을 열었다.

"내가 어렸을 적에요, 마을에 폐가가 하나 있었어요. 지붕에는 군데군데 구멍이 나 있고 벽에는 담쟁이 덩굴이 너무 많아서, 멀리서 보면 사람들이 매달려 있는 것처럼 보였어요. 벽을 기어오르는 좀비들 같다고 생각하면 얼마나 무서운 줄 알아요? 나무 문에는 낙서가 있었는데, '죽어라', '귀신 안녕', '마귀가 산다', '들어오면 다 뒈진다' 이런 식의 글자가 빨간색으로 쓰여 있었어요. 거기에 보물이 숨겨져 있다는 사람도 있었어요. 보물을 숨겨놓은 사람이 아무도 못 들어가게 하려고 그런 소문을 냈다는 거예요. 나는 들어가보고 싶었어요. 귀신한테 잡혀가든 마귀가 날 삶아 먹든 상관없었어요. 저 안에는 숨겨놓은 보물이 가득 있을 거야, 들어가기만 하면 평생 돈 걱정은 하지 않아도 될 거야, 그런 마음이었어요. 아빠가 죽기 전에 그런 말을 자주 했거든요. '시아야, 남들보다 성공하려면 어떻게 해야 하는지 알아? 남들이 안 하는 걸 해야 해.' 난 그 말이 맞다고 생각했어요. 친구 한 명이랑 같이 들어가기로 했는데 걔는 집 앞에 가더니 도저히 안 되겠다면서 돌아갔어요. 나 혼자 그 집 앞에 우두커니 서 있는데 해가 지고 있었고, 온갖 풀벌레 소리가 다 들렸어요. 주변의 온도가 갑자기 떨어지는 것 같고 뒷골에 누가 얼음을 댄 것 같은 느낌이 들었어요. 갑자기 냉동차에 들어갔을 때 그런 느낌 있잖아요. 심호흡을 여러 번 하고 대문을 열었더니……."

"이거 무서운 얘기야?"

백건이 끼어들었다.

"귀신 나오는 집 얘기 하는데 안 무섭겠어요?"

민시아가 퉁명스럽게 대꾸했다.

"그럼 하지 마, 나 무서운 얘기 못 들어. 밤에 이상한 꿈 꾼단 말야."

"여기까지 했는데, 이제 막 대문 열었는데 하지 말라고요?"

"그럼 이야기 결말부터 얘기해봐. 귀신 나와, 안 나와?"

"꼭 알아야겠어요?"

"그럼 안 들을 거야. 나와, 안 나와?"

"안 나와요."

"누가 다쳐?"

"몸을 다치지는 않지만 마음을 다치죠."

"많이 다쳐?"

"아니, 무슨 형사였다는 사람이 이렇게 겁이 많아요. 그동안 범인들은 어떻게 잡았대?"

"걔들은 초현실적인 놈들은 아니잖아. 기껏 해봐야 칼 들고 설치는 건데, 그런 건 안 무서워. 보이지 않는 게 무섭지. 귀신이나 유령이나 뭐 그런 거."

"귀신이나 유령은 안 나와요. 그런 거 믿지도 않고

요."

"그럼 계속해봐."

공상우는 흥미롭다는 얼굴로 민시아의 이야기를 들었다. "고기 더 드시지 않을 거면 불을 빼드릴까요?"라는 종업원의 말에 몸을 뒤로 젖히면서도 눈은 민시아에게 고정했다.

"문을 열었는데 정원이 너무 예쁜 거예요. 정리가 안 되긴 했지만 누군가가 가꾸고 있는 게 분명했어요. 키 큰 풀은 많지 않았고, 한쪽에는 채소들도 심어두었더라고요. 매달려 있던 고추들이 지금도 기억이 나요."

"그걸 누가 심었대?"

"조용히 얘기 좀 들어줄래요?"

"그럴게."

"너무 무서운데, 해 질 녘의 정원을 보니 마음이 들뜨기도 하더라고요. 집에는 들어가지 못하고, 주변의 정원을 계속 돌아다녔어요. 꽃구경하고 땅바닥에 떨어진 잡동사니들도 줍고, 그렇게 어둠이 정원에 내려앉는 걸 보는데, 갑자기 안쪽에 있던 문이 쿠궁, 하는 소리를 내면서 열리는 거예요."

"귀신이구나?"

"아 진짜 아저씨, 귀신 안 나온다니까요."

"야, 너를 어떻게 믿냐. 귀신 안 나온다고 거짓말하고 귀신 등장시킬 수도 있지."

"이래 봬도 이야기의 윤리를 아는 사람이에요, 내가. 아무튼 소리를 듣고는 뒤도 안 돌아보고 달렸어요. 정원을 지나서 대문을 박차고 나온 다음에도 계속 달렸어요. 그 집이 마을에서 좀 떨어진 곳에 있어서 주변에는 인적이 드물거든요. 그래서 사람이 보일 때까지 계속 달렸어요. 그런데 집을 나오기 직전에 누군가가 내 어깨를 잡은 것 같았거든요. 그럴 리가 없는데, 잡을 사람이 없는데, 이상하게 누가 날 붙잡은 것 같았어요. 그래서 머리를 좌우로 흔들고 손아귀에서 빠져나오듯 무작정 뛰었어요. 어쩌면 바람이 나를 잡았는지도 몰라요."

"거봐, 귀신 얘기네. 귀신이 어깨를 잡았다고 하려는 거지?"

"코치님, 안 나온다잖아요, 귀신. 그만 좀 해요."

조용히 듣고만 있던 공상우가 짜증을 내면서 끼어

들었다.

"지금도 이상한 기분이 드는데요. 어쩌면 그때부터 지금까지 나는 계속 달리고 있는지도 모른다는 생각이 들어요. 이상한 얘기죠?"

"누가 널 붙잡으려고 하는 것 같아?"

공상우가 물었다.

"응, 맞아. 피했는데……, 어쩌면 피하지 말았어야 했나, 그때 고개를 돌려서 뒤를 돌아봤어야 했나, 거기에 누가 있는지, 문을 연 게 누군지 제대로 봤어야 했나, 계속 그런 생각을 해. 그런데 지금도 난 어떤 일이 생기면 무조건 도망만 쳐. 그게 내 본능인가 봐."

민시아가 차갑게 웃으며 대답했다.

"네 얘기하고 화면 속 저 사람이랑 상관이 있어?"

공상우가 노트북 속에서 여전히 두 팔을 벌리고 있는 패티 스미스 닮은 여자를 손가락으로 가리켰다.

"잘 모르겠어. 말도 안 되는 소리지만, 그때 내 어깨를 붙잡은 게 저 사람인지도 모르겠다는 생각이 들어. 이상한 얘기지."

"아냐, 알겠어, 그런 기분."

"같이 가볼래?"

"그러자. 나도 그 폐가에 가보고 싶네."

D - 60

　민시아와 공상우는 명함에 적힌 전화번호로 연락을
해서 초인간클랜의 정기 모임에 참석하게 됐다. 장소
는 공용 오피스의 회의실이었고, 참가비는 만 원이었
다. 샌드위치와 음료수도 제공해주니 비싼 가격은 아
니었다. 민시아와 공상우가 도착했을 때는 20대 중반
으로 보이는 네 명의 남녀가 빙 둘러앉아 있었다. 두
사람은 자리에 앉지 못하고 구석에 있는 간식 테이블
에서 커피를 담았다.

　"언뜻 보기에는 알코올중독자 모임 같지 않아?"

　공상우가 민시아의 귀에 대고 소곤거렸다. 민시아

103

역시 비슷한 생각을 하고 있었다. 가운데를 비워두고 둥글게 앉은 형태며 사람들의 어두운 낯빛이며 알코올중독자 모임이라고 바깥에 붙여두어도 이상하지 않을 것 같았다.

"저기 과자 옆에 맥주 캔이 있잖아. 알코올중독자 모임은 확실히 아냐."

민시아가 맥주 캔을 가리키며 말했다. 물방울이 맺힌 맥주 캔 열 개가 가지런히 놓여 있었다. 자리가 어색한 맥주들이 식은땀을 흘리는 것처럼 보였다. 맥주를 마시는 사람은 없었다.

"오늘 새로 오신 두 분이 있으니 자기소개부터 해볼까?"

가장 늦게 문을 열고 들어온 여자가 말을 꺼냈다. 민시아는 "엇" 하고 작게 소리를 질렀다. 동영상에서 봤던 사람이었다.

"나부터 소개할까? 오은주. 초인간클랜을 처음 만든 사람이지만 그건 별로 중요한 건 아니고, 모임이 끝나면 내가 밥을 살 거라는 얘기는 중요한 거겠지? 오늘 월급 받았거든."

오은주는 두 손을 가슴께까지 들어서 작게 박수를 치며 자신의 소개를 마무리했다. 하얀색으로 꾸민 네일 아트 때문에 열 개의 하얀 점들이 서로에게 인사를 하는 것처럼 보였다. 오은주를 시작으로 다섯 명의 초클이 각자 이름을 이야기하며 소개를 했다. 정인수, 유진, 한모음, 이지우의 순서였다. 공상우의 차례가 되었다. 공상우의 얼굴 역시 하얀색 네일 아트를 한 것처럼 핏기가 사라졌다. 긴장한 목소리로 공상우가 입을 열었다.

"저는 공상우라고 합니다. 갑자기, 우연히, 그러니까 저기 앉아 계신 저분이, 유진 씨가 명함을 주셔서 참여하게 됐고요. 음……, 저는 아직은 초인간이 아니지만, 함께하게 돼서 영광이라고 생각합니다. 모쪼록 많이 가르쳐주시고, 알려주시면, 노력하겠습니다."

말을 끝내고 공상우가 자리에 털썩 주저앉았다. 긴장한 공상우를 바라보는 사람들의 눈길은 한가로웠다. 많이 봐온 풍경이라는 듯, 자신들과 함께하려면 긴장하는 게 당연하다는 듯. 공상우는 앉자마자 고개를 숙였다. 민시아가 자리에서 힘차게 일어났다.

"안녕, 민시아라고 해. 나는 공상우를 따라왔고, 초 인간은 아닌 것 같고, 반초인간 정도? 수업 제끼고 도 망칠 때 내 모습을 보고 친구들이 초능력 인간 같다고 얘기해준 적이 있어요. 겁나게 빨리 달리고, 몸이 유연 해서 절대 머리채 같은 건 안 잡히거든요. 다들 비슷 한 나이인 것 같으니까 좋다. 앞으로 나도 기대해줘."

민시아는 경쾌한 목소리로 소개를 마치고 주위를 둘러보았다. 모두 미소를 띠고 있었는데 한 사람만 뚱 한 얼굴이었다. 민시아는 그 아이를 3초 동안 보다가 도저히 참지 못하겠다는 듯 입을 열었다.

"새로 온 사람이 인사하는데 헤드폰을 쓰고 있는 건 실례 아닌가?"

오은주가 대신 답했다.

"한모음은 헤드폰 쓰고 있어도 다 들어. 표정은 저 래도 속으로는 민시아를 격하게 환영하고 있을 거야. 그렇지, 한모음?"

오은주의 말에 한모음이 고개를 끄덕였다. 웃지는 않았지만 무뚝뚝한 얼굴 표정은 조금 밝아졌다. 오은 주가 두 사람을 번갈아가면서 보았다. 민시아는 새로운 장소, 뜻밖의 분위기에 뛰어들게 되어 재미있었다. 커피를 마시면서 사람들의 표정을 관찰했다. 그중에서 가장 눈에 띄는 게 한모음이었다. 한모음은 커다란 헤드폰을 쓰고 어깨를 움츠린 채 바닥을 응시하거나 뚱한 표정으로 사람들이 말하는 걸 들었다. 작은 몸집과 커다란 헤드폰이 극적인 대비를 이루고 있었다. 헤드폰을 쓰고도 사람들의 말을 다 듣는다는 게 어떤 건지 정확히 알 수 없었지만 참 신기한 능력이라고 생각했다. 민시아는 한모음을 관찰하다가 특이한 점 하나를 발견했다. 아래를 내려다보던 한모음의 눈길이 가끔 천장을 향했다. 천장을 향했다기보다 두 눈을 위로 치켜뜬 다음 고개를 까딱거렸다. 한참을 관찰하던 민시아는 그 동작이 새로운 노래에 대한 반응이라고 결론 내렸다. 헤드폰으로 새로운 노래가 나올 때마다 잠깐 멈칫한 후, 노래의 박자를 받아들이는 것이다. 민시아는 반복되는 동작의 시간을 확인했다. 3분에서 3분 20초 정도의 간격인 걸로 보아, 짧은 곡을 좋아한다는 결론에 이르렀다.

"자, 그럼 오늘은 유진이 얘기를 좀 해주면 어떨까?

오늘 유진 때문에 오신 두 분도 있으니까."

오은주가 하얀색 손톱을 허공에 흔들면서 말했다. 유진의 선글라스에 손톱이 비쳤다. 가느다란 손가락 끝에 매달린 하얀색은 불빛을 향해 날아드는 풀벌레처럼 보였다.

"이미 들었던 사람도 있으니까 짧은 버전으로 이야기할게. 어렸을 때……."

"아냐 아냐. 나는 유진 이야기가 너무 좋아서 몇 번을 들어도 질리지 않아. 내가 그 자리에 가만히 앉아 있는 것 같은 느낌이 들 정도라니까. 좋은 노래는 계속 들어도 좋잖아. 신경 쓰지 말고 얘기해요."

"좋아, 그렇게. 어렸을 때, 그러니까 여섯 살인가 일곱 살 때 하루 종일 집에 혼자 있었어. 나는 오빠나 언니도 없고, 동생도 없거든. 부모님은 두 분 다 일하러 나갔고, 집에는 늘 혼자였어. 지하실에 가까운 1층이었는데, 작은 창이 하나 달려 있었어. 거기로 바깥의 풍경이 보였는데 늘 똑같은 모습이었지. 전봇대 윗부분, 건너편 벽돌집의 벽 귀퉁이, 담쟁이덩굴, 그게 다였어. 나한테는 그 풍경이 유일한 그림이었고 텔레비전이었고 극장이었어. 텔레비전 보는 것보다 창문을 보는 게 훨씬 좋았으니까. 앉아서 올려다보면 조금 더 윗부분이 보이고, 서서 올려다보면 아랫부분이 더 보이지만 별 차이는 없었어. 바뀌는 게 거의 없어 보이지만 그래도 뭔가 바뀌고 있는 게 분명했으니까. 이상하게 그게 좋더라. 안심이 된달까, 위로가 된달까. 그 풍경이 유일한 친구가 되어서 나를 지켜준 것 같기도 해. 그러다가 어느 날 이상한 일이 생겼어. 그날도 점심을 먹고 앉아서 창문을 올려다봤는데 예전과 조금 다르더라고. 갑자기 식은땀이 나고 등에서 지렁이가 기어다니는 것 같았어. 세상 모든 게 슬로비디오처럼 느리게 흘러가고, 풍경이 변하는 광경이 내 눈에 그대로 들어왔어. 전깃줄이 살랑거리는 모습, 담쟁이덩굴이 흡반을 내밀고 벽을 타고 오르는 모습, 지금 생각하면 말도 안 되는 얘기지만 바람의 궤적까지 보였어. 창문으로 본 풍경은 늘 정지된 시간이었는데 갑자기 초침이 움직이기 시작하더니 모든 사물이 확대된 듯한 느낌이었어. 그건 뭐랄까, 마치……."

"제가 참고삼아 말씀드리면……."

유진이 잠깐 멈칫거리고 있자 오은주가 끼어들었다. 중요한 순간에 끼어드는 30초짜리 광고처럼 오은주가 빠르게 말을 이어갔다.

"유진 씨처럼 자신의 새로운 능력을 발견하는 순간에는 공통점이 하나 있어요. 등으로 작은 곤충들이 지나가는 느낌을 받는다는 건데요. 사람에 따라 지렁이로 느끼는 경우도 있고, 지네나 거미로 느끼는 경우도 있어요. 그 차이는 아직 밝혀진 바가 없고요."

"다리가 많은 곤충의 느낌이 아니라 누군가가 등을 이리저리 기어 다니는 것 같았어. 누구한테 말하고 싶은데 설명할 도리가 없더라고. 일곱 살짜리 아이가 그 느낌을 어떻게 설명하겠어. 그때부터 창문을 보면서 연습을 시작했지. 내 눈을 고성능 카메라로 만든다고 생각하고 훈련에 돌입한 거야. 클로즈업을 자유자재로 하고, 고속 촬영도 내 마음대로 할 수 있으니까. 성공할 때보다는 실패할 때가 많았지만 창문 밖을 진심을 다해 뚫어지게 바라보면 세상이 움직이는 걸 확실히 느낄 수 있었어. 시간이 한참 지나고 고등학생이 됐을 때 도서관에서 내 능력의 정체를 읽게 됐지. 아주 희귀한 경우이긴 하지만 정지 시력이 남들보다 월등하게 뛰어난 사람이 있대요."

"정지 시력?"

이야기를 듣고 있던 민시아가 큰 소리로 따라 말했다. 앉아 있던 사람들의 시선이 모두 민시아에게 쏠렸다. 유진이 말을 계속했다.

"책에서 이런 문장을 읽었어. 글을 쓴 니키 박사의 문장을 그대로 외워볼게. '인간은 동체 시력이 뛰어나야 우월하다고 여기지만 그건 잘못된 생각이다. 드물게 발견되는 정지 시력 발달자 역시 인간이라는 종의 특이한 능력을 보여주는 중요한 사례다. 인간은 행동하는 존재이자 또한 관찰자이기 때문이다.' 10년이 넘었는데도 아직도 문장을 그대로 기억하고 있어."

"우와, 뭔가 멋진 말처럼 들린다."

민시아가 큰 목소리로 감탄했다. 다른 사람들은 경건한 자세로 조용히 무릎을 모으고 유진의 이야기를 들었다.

"그 말이 너무 감동적이어서 니키 박사님을 만나러 갔는데……"

"어땠어?"

"이미 돌아가신 후더라고."

"에이, 아깝다."

"나도 엄청 아쉬웠지."

"정지 시력에 대한 다른 연구는 없어? 누군가 연구한 사람이 있지 않을까?"

"아직은 못 찾았어. 니키 박사님도 직접 연구를 해서 논문을 쓴 건 아니고, 정지 시력 발달자에 대한 언급만 했을 뿐이니까."

"그런데 정지 시력 발달자가 그렇게 드문 거야? 시력이라고 하면 누구나 정지 시력을 재는 거 아닌가?"

"시력을 잴 때 보통 멈춰 있는 사물을 보면서 측정하잖아. 그런데 현실에서는 그런 식으로 보지 않아. 수많은 방해 요소가 있고, 움직이는 물체들이 계속 끼어들 수밖에 없거든. 정지 시력이라는 건 주변의 방해 인자와 상관없이 계속 초점을 고정할 수 있는 능력 같은 거래. 동체 시력이 움직이는 걸 빨리 따라가는 거라면, 정지 시력은 전혀 움직이지 않고 한군데를 꿰뚫어 보는 능력 같은 거."

"일종의 관찰 초능력 같은 거구나."

"그렇게 말할 수 있겠지. 타고난 것도 있겠지만 그 창문을 통해서 훈련된 능력일 거야. 공상우 경기할 때도 계속 팔꿈치를 보고 있었는데, 팔에 어떤 비밀이 있는 걸 직감했고, 팔이 늘어나는 걸 정확히 확인했어. 상우 너는 팔이 늘어나는 걸 언제 알게 됐어?"

공상우는 등을 둥그렇게 말고 앉아 있다가 갑자기 자신의 이름이 호명되자 얼굴이 발그스름해졌다. 민시아가 공상우의 어깨를 툭 쳤다.

"글쎄요, 이상한 얘기지만 저는 아직도 잘 모르겠어요. 제 팔이 실제로 늘어나는지 늘어나는 것처럼 느끼는 건지, 아니면 신체적으로 무슨 문제가 생긴 건지, 어디가 아픈 건지 잘 모르겠어요."

"내가 분명히 봤어. 상우 씨 팔이 늘어났다가 다시 줄어들었다가……, 마치 생명체처럼 그렇게 움직이는 걸 봤어. 그건 어디가 아픈 게 아니야. 선물이지."

"선물이라고요?"

"그럼. 처음에는 이상해 보이겠지. 다른 사람과 다르니까 숨기고 싶은 것도 당연하고. 박사님의 책에는 이런 문장도 있었어. '우리가 서로 다른 이유는 상대를 차별할 이유를 만들어주기 위해서가 아니라 고유한 특질을 이해하고 축복하기 위해서다.' 다르다는 걸 기쁘게 받아들이는 게 우리 클랜의 목적이야."

"우와. 니키 박사님, 명언 제조기다. 아깝네, 조금만 더 살아 계시지."

"모두들 들어줘서 고마워. 오늘 내 얘기는 여기까지 할게."

"음……, 궁금해서 그러는 건데 여기 모인 사람들은, 그러니까 유진 씨처럼 모두 초능력이랄까, 그런 게 다 있는 분들인 거네. 등에서 지렁이든 지네든 귀뚜라미든 뱀이든 그런 게 지나가는 걸 한 번쯤 다 느낀 거 잖아."

민시아가 앉아 있는 사람들을 둘러보며 말했다. 답을 하는 사람도 없었고 대체로 난처한 얼굴들이었다. 답변하기 곤란하다기보다 아직까지 그런 질문을 대놓고 한 사람이 없어 당황하는 모습들이었다. 오은주가 분위기를 바꾸기 위해 끼어들었다.

"민시아 씨는 아직까지 등에서 그런 걸 느낀 적이

없는 거죠? 상우 씨를 따라왔다고 했는데, 어떻게 같이 오게 된 거예요?"

"그냥……, 궁금했어요."

"어떤 게 궁금했어요?"

"초인간이라는 게 뭘까, 어떤 이야기를 하는 걸까. 제가 원래 호기심이 많아요."

"음, 일단 초클은 누구나 환영해요. 환영하지만, 이름 그대로 초인간클랜이니까 특별한 선물을 받지 못한 분은 정식 회원으로 받아들이기가 좀 힘들 것 같아요. 아무래도 여기 있는 사람들이 받아왔던 고통에 대한 공감이 부족할 수밖에 없지 않겠어요? 이해해주시겠죠?"

"참여할 수는 있지만 입은 닫고 있어라?"

"닫고 있을 필요는 없지만 발언권은 제한될 수 있다는 거죠."

"무슨 말인지 알겠어요. 노력해볼게요."

"초클의 문은 언제든 열려 있어요. 저는 사실 일반인들이 여기에 더 많이 참석해야 한다고 생각해요. 초인간들의 가족이나 친구나 연인이 참석해서 이해를 높여야 한다는 입장이에요. 하지만 여기 있는 사람들은 자신이 선물 받은 능력에 대해서 여전히 회의적이고, 때로는 저주 같기도 하고, 간혹 수치스러운 감정도 느끼고 있어요. 그런 감정의 결을 저는 조심스럽게 다루고 싶어요. 이해하시겠죠?"

그날의 모임은 그렇게 끝이 났다. 돌아오는 길에 공상우와 민시아는 별다른 말이 없었다. 느낌표와 물음표, 따옴표와 말줄임표가 뒤섞여서 거대한 탑이 되었다. 두 사람은 머릿속으로 테트리스를 하는 것처럼 여러 개의 부호를 잘 쌓아올리는 중이었다. 터덜터덜 언덕길을 내려오면서 입 바깥으로 꺼낼 부호는 별로 없었다.

"나 아르바이트 가야 해."

민시아가 먼저 입을 열었다.

"나도 새로 일 구했어."

공상우도 대꾸했다.

"무슨 일?"

"세차장."

"그거 힘들다던데……."

"내가 팔이 길어서 유리하잖아."

"정말 그러네."

"사장님이 팔 길다면서 일 잘하게 생겼대."

"부려 먹으려고 칭찬하는 거지."

"실제로 팔 긴 게 도움이 돼."

"초인간이면 뭐 하냐. 세차장에서 써먹고 있는데."

"그렇게라도 쓰면 좋지. 너는 무슨 아르바이트야?"

"지금은 PC방."

"우리 내일 같이 저녁 먹을까?"

"그럴까?"

"내가 맛있는 데 알아."

"맛있으면 좋겠다."

"내일 봐."

"그래, 내일."

공상우의 삶은 조금 바뀌었다. 민시아도 그랬다. 시간에 틈이 생기면 연락을 주고받았고, 조금 더 시간이 생기면 만났다. 함께 밥을 먹었고, 자주 웃었고, 장난을 쳤고, 농담을 했다. 백건이 공상우의 삶에 새로운 가능성을 부여했다면 민시아는 삶이 즐거울 수 있다는 확신을 주었다. 공상우는 새로운 자극을 온몸으로 받아들였다. 주위를 신경 쓰지 않고 웃어보았다. 민시아를 만나면 먼저 꽉 껴안았다. "팔이 너무 길어서 포옹이 아니라 감금 같아. 내 몸 두 바퀴 감아봐"라는 민시아의 농담에도 크게 웃었다. 두 사람은 가끔 백건이야기를 했다.

"아저씨는 요새 뭐 하셔?"

"컴퓨터로 게임하느라 바쁘셔. 심부름센터에 들어오는 일도 큰돈 되는 일 말고는 거의 안 해."

"WCT 연습은?"

"코치님이 바쁘니까 할 수가 있나. 나도 바쁘기도 하고."

"아저씨한테 컴퓨터 괜히 팔았나 보네."

"세상에 괜히는 없어. 모든 일이 그렇게 되려고 그렇게 된 거지."

"그러면 애초에 세상은 이렇게 되려고 다 그렇게 된 거고, 우리도 다 이렇게 되려고 그렇게 된 거네?"

"응."

"가끔 보면 너는 도인 같은 말만 하더라."

"도인이 아니라 후회하는 걸 싫어해서 그래."

"후회하는 게 왜 싫어?"

"후회하면 반성해야 하잖아. 반성하는 게 세상에서 제일 싫어."

"그래, 후회하지 말고 반성하지 마. 넌 뭐든 다 잘했어. 고칠 것도 없고, 잘못한 일도 하나 없어."

"진짜?"

"응. 진짜."

초인간클랜 역시 공상우와 민시아의 삶의 공기를 바꾸어놓았다. 일주일에 한 번 모임에 나가는 것이 두 사람에게는 생활의 활력소가 되었다. 초클 사람들과 나누는 이야기도 즐거웠고, 거기에 가서 얘기를 듣고 오면 세상에 숨겨진 비밀을 하나씩 알게 되는 듯한 느낌도 들었다. 초클 사람들이 모든 이야기를 털어놓은 것은 아니었지만 연속극처럼 조금씩 조금씩 자신들의 마음을 털어놓는 과정도 재미있었다. 처음에는 민시아를 정식 회원으로 받아들이지 않는 눈치였지만 서서히 담장이 허물어지고 있었다.

두 사람은 특히 정인수를 좋아했다. 정인수는 자신이 태어난 해부터 지금까지, 아무 때나 특정한 날짜를 말하면 요일을 곧바로 말해준다. "2001년 9월 11일은?" 하나, 둘, 셋을 세기 전에 "화요일"이라는 대답이 돌아온다. "1999년 12월 31일은?" 하나, 둘, "그렇게 쉬운 날은 물어보지 말라니까. 금요일.", "2003년 1월

23일은?", "응, 그날은 목요일." 이런 놀이를 했다. 민시아와 공상우에게는 신기한 능력이었지만 정인수는 써놓은 답이라도 보이는 것처럼 간단하게 말했다.

정인수는 숫자 강박이 있고, 숫자에 관련된 모든 것을 외운다. 자신이 쓰고 있는 모든 전자 기기의 시리얼 번호를 외우고, 특정 연도에 일어난 일을 외우고, 의미 있어 보이는 숫자를 외운다. 공상우가 이런 질문을 한 적이 있다.

"세상에 있는 모든 숫자를 외울 수는 없잖아? 어떤 걸 외울지 말지 어떻게 정해?"

"처음에는 좋은 숫자만 외우려고 했지. 그런데 어떤 숫자가 좋은 숫자인지 알 수 없잖아. 그래서 만나는 숫자를 전부 외웠어. 내가 외우는 순간 익숙하고 좋은 숫자가 됐어."

"한번 외운 건 잊어버리지 않아?"

"응, 잊어버리지 않아. 잊어버리면 안 되니까 숫자마다 방을 하나씩 따로 만들어서 열쇠로 잠가놔. 그래서 머릿속이 가득 차서 다른 것들은 들어올 자리가 별로 없어."

"다른 것들? 예를 들면 어떤 거?"

"예를 들 만한 모든 게 들어올 자리가 별로 없어."

"응. 자리가 없구나."

"좁은 건 아니야. 머릿속이 엄청나게 넓은데 들어올 숫자가 많으니까 공간을 확보해두는 거야."

"빈자리가 많지만, 앞으로 올 숫자를 위해서 비워두는 거야?"

"그렇지."

"응, 어떤 마음인지 알 것 같아. 미래를 위해서 미리 정리해두는 건 좋은 일이지."

"그래도……, 네 자리는 만들어줄게."

"내 자리?"

"응. 공상우 자리."

"왜?"

"그냥. 너는 나를 이상하게 보지 않으니까."

"왜 이상하게 봐?"

"몰라. 사람들은 이상하게 봐."

"이상하지 않아."

"너는 어떤 숫자를 좋아해?"

"음……, 내가 좋아하는 숫자라. 44?"

"44? 왜?"

"사람들이 4를 싫어하니까 두 개가 붙어 있으면 더 싫어하잖아. 그래서 44를 보면 좀 안됐다는 생각이 들어."

"444나 4444는?"

"그건 그래도 4끼리 많이 모여 있으니까 덜 외롭겠지. 둘밖에 없으면 좀 쓸쓸하잖아. 그냥 4는 사람들이 아주 싫어하는 것 같지는 않고."

"너도 숫자 생각 많이 하는구나."

"아니야. 너하고 얘기하다 보니까 숫자에 대한 생각을 하게 되네."

공상우와 정인수는 만나기만 하면 숫자 이야기를 했다. 좋아하는 숫자와 싫어하는 숫자를 하나씩 얘기하고, 이유를 설명하다 보면 시간이 금방 지나갔다. 이유는 불분명하지만 본능적으로 싫은 숫자도 있었다. 정인수는 사람들의 휴대전화 번호를 모두 외우고 있었다. 마음에 드는 사람의 전화번호는 그냥 좋았고, 싫어하는 사람이면 번호를 가엾게 여기게 되었다. 숫자는 정인수가 구축하는 세계의 최소 단위였고, 공상우도 그 세계에 서서히 스며들었다.

두 사람이 아직 친하지 않았을 때, 운명 점을 치고 있는 정인수에게 공상우가 말을 건 적이 있다. 숫자 운명 점은 정인수가 가장 좋아하는 놀이였다. 중요한 일을 앞두고 있으면 눈을 감고 숫자를 열까지 센다. 눈을 떴을 때 보이는 것이 오늘의 운명이고, 처음 보이는 숫자가 운명의 숫자가 된다.

"좀 전에 눈 떴을 때 뭐가 나타났는데?"

공상우가 물었다.

"개, 그리고 참새 네 마리, 그리고 번호판이 4441인 오토바이 한 대."

"안 좋은 거야?"

"셋 중에 좋아 보이는 게 있어?"

"참새는 좋잖아."

"새가 나타나려면 최소한 매나 독수리 정도는 되어야 좋다고 할 수 있지."

"좋고 나쁘고의 기준이 크기야?"

"아니, 꼭 큰 게 좋다고는 할 수 없고, 그냥 느낌으로 아는 거지. 어떤 게 멋진 건지는."

"번호판이 4441인 오토바이는?"

"좌우 대칭이 되거나 두 개씩 쌍을 이루거나 네 개가 같은 숫자면 좋은 거지. 4441은 아무런 특징이 없잖아."

"특징이 없는 게 특징이지."

"아무런 특징이 없는 데서 어떻게 운명을 볼 수 있겠어?"

"다시 세봐, 그럼."

"조금 있다가 해야 해. 운명의 흐름이 바뀌려면 10분은 기다려야 하거든."

"열을 세고 눈을 떴을 때 가장 운이 좋았던 건 뭐였어?"

"내 앞에서 폭죽이 터졌을 때."

"가까이서?"

"응, 멀지 않은 곳에서 불꽃놀이를 하고 있었어. 마치 내가 열을 다 세길 기다렸던 것처럼 열을 세자마자 폭죽이 터졌어. 그날 모든 일이 다 잘 풀렸어."

"오늘도 그랬으면 좋겠네."

두 사람은 그렇게 친구가 됐다. 민시아는 두 사람의

대화를 듣고 있는 걸 좋아했다. 언제나 툴툴거리는 정인수 때문에 두 사람의 대화는 활력이 넘쳤지만, 심야 라디오처럼 조용하기도 했다. 소파에 앉아서 두 사람이 하는 이야기를 듣다가 잠이 든 적도 있었다. 깨어나 보니, 두 사람은 그때까지 대화를 하고 있었다. 공상우가 이야기를 꺼내면 정인수가 시비를 걸었고, 이상한 농담으로 마무리되곤 했다. 끝날 때는 늘 숫자 이야기였다.

세 사람은 공원에 자주 놀러 갔고, 벤치에 앉아서 많은 이야기를 했다. 공원에서 편의점 도시락을 펼쳐놓고 밥을 먹었다. 정인수는 도시락을 열어서 반찬을 정리했다. 반찬의 개수에 맞춰서 밥을 나눠놓은 다음 먹기 시작했다. 공상우와 민시아는 정인수가 반찬과 밥을 정리할 때까지 기다려주었고, 모든 준비가 끝나면 함께 밥을 먹었다. 공상우가 물을 사러 갔을 때였다.

"너는 언제부터 숫자에 대한 초인간이 된 거야?"

민시아가 새우튀김을 한입 깨물어 먹고는 물었다.

"나, 생일이 11월 11일인데, 열한 살 생일 때부터 그랬어."

정인수가 아무렇지 않게 대답했다.

"우와, 너무 멋진 날이었네?"

"그런 걸 물어봐주는 게 좋아. 열한 살 생일의 11월 11일에 처음으로 초인간이 되었어, 라고 말을 하면 기분이 좋아지거든."

"생일에 무슨 일이 있었는데?"

"별일은 없었어."

"그냥 갑자기 그렇게 된 거야?"

"응."

"그랬구나."

"그랬지."

"신기하다."

"그래. 아냐, 맞아, 별일이 있었어. 공터에서 놀고 있을 때 다섯 녀석이, 지금 이 얘긴 처음 하는 거야, 알았지? 무슨 이야기인지 알지? 녀석들이 나를 둘러쌌어. 생일이어서 내가 주머니에 돈이 좀 있었어. 많이 있었지. 11월 11일이니까, 이런 날 생일이니까 좋겠네, 그런 얘기도 했던 것 같고, 욕을 들었는데 지금은 잘 기억이 안 나. 잊어버리려고 노력했으니까. 난 피해 갈 수도 있었는데, 그러지도 못했어. 학교 앞에서 걔들이 나를 기다리고 있었는데, 몸이 굳어버렸어. 중학생이 었을까, 학교도 다니지 않는 것 같은 애들이었는데, 얼굴은 기억이 안 나는데 표정이 기억나, 지금도. 학교 앞에서 자주 보던 놈들인데, 그 기분을 잊을 수가 없어. 피할 수 있었는데, 난 너무 무서웠어. 열한 살인데, 11월 11일이네, 둘러싸인 채로 있는데 등이 가렵기 시작했어. 무서워서 그랬는지도 몰라. 정말 무서웠거든. 무서워서 그랬을 거야. 숫자가 등에서 꿈틀대는 것 같았어. 1이 2가 되고, 1이 다시 1을 만나고, 숫자가 등에서 자라는 느낌. 등에 집중하니까 덜 무서워졌어. 몇 대 맞고, 뺨도 맞았는데, 나한테 욕을 퍼붓고 듣기 힘든 말을 계속 했는데 울지는 않았어, 그래도. 맞는 데 무서워지려고 해서, 있잖아, 등에 집중하니까, 눈물이 안 났어. 다행이야, 그래도."

"그런 일이 있었구나. 그런 얘기 해줘서 고마워."

"무서웠던 얘기를 하면 더 무서울 줄 알았는데, 그렇지는 않네."

"그래, 그렇더라. 나도 얘기하면 가벼워지더라."

"너하고 얘기하다 보니까 그런 얘길 하게 되네."

"그래, 그러더라. 사람들이 내가 잘 듣는대. 나 그런 초능력이 있는 거 아닐까? 사람들이 비밀을 털어놓게 되는 초능력? 스펀지같이 이야기를 다 빨아들이고 나서 밖으로 절대 흘려보내지 않는 초능력."

"상우한테는 말 안 할 거지?"

"말하는 게 싫으면."

"응, 어쩐지 부끄러워서."

"그게 뭐가 부끄러워. 부끄러워하지 마, 네 잘못이 아니잖아. 그래도 네가 부끄럽다면, 부끄러울 수 있으니까, 하지 않을게."

"너 정말 초능력이 있는 게 아닐까? 자꾸 얘기하게 될 거 같아."

"그때부터 뭔가 달라진 거야?"

"전에는 흘려보냈던 숫자를 기억하기 시작했어. 처음에는 숫자 노트를 만들어서 기록하다가 다음에는 엑셀에다 정리를 하다가……, 어느 순간에는 그런 게 다 필요 없어졌어."

"와……, 〈매트릭스〉의 한 장면 같다."

"어떤 장면?"

"네오가 총알 막는 장면 있잖아. 총을 쏘는데 시큰 둥하게 바라보다가 '나한테 뭘 이런 걸 쏴?'라는 듯한 표정으로 상대를 쳐다보잖아. 나 그 장면 보다가 심장 이 떨어져 나가는 줄 알았어. 너무 멋지지 않아? 인수 네 얘기도 딱 그래. 엑셀로 정리하다가, 어느 순간 그 런 게 다 필요 없어졌지, 후후후후훗."

"내가 언제 그렇게 말했냐?"

"그런 느낌이었어. 멋있다."

정인수는 민시아의 말에 조용히 웃었다. 공상우가 돌아오고서는 다른 이야기로 화제가 옮겨갔다.

"참, 오늘 지우 라이브 방송 하는 날 아냐?"

민시아가 도시락 뚜껑을 덮다가 소리를 질렀다. 시 계를 보았다. 7시 5분. 해가 막 다른 세계로 떨어지기 직전이었다.

"벌써 시작했겠네."

공상우가 조용하게 말했다.

"우리라도 보고 댓글 달아줘야지."

정인수가 태블릿 PC를 꺼내서 전원을 켰다.

D - 33

　이지우의 라이브 영상 주제는 언제나 그랬듯 동물이었다. 실내에서 사람들과 함께 살고 있는 동물, 또는 자연에서 살고 있는 동물을 찾아가 이야기를 나누는 프로그램을 진행했는데, 보는 사람은 많지 않지만 몇몇 광팬에게서 엄청난 지지를 받고 있다. 인간의 언어는 거의 등장하지 않고 자막이나 음향효과도 없는데, 애청자들은 '엄청난 힐링 방송이다', '눈물이 날 것 같다', '보는 내내 마음을 졸였다' 같은 댓글을 달곤 했다. 콘셉트는 이지우가 동물을 인터뷰하는 것이다. 이지우는 동물의 눈을 빤히 들여다보면서 입을 벌린 채 어떤 소리를 냈는데, 동물들이 마치 그 소리를 알아들은 것처럼 조용해지곤 했다.

"오늘은 누구를 초대했으려나? 지난번 사슴 찾아갔을 때 진짜 재미있었는데……. 뭐야 오늘은 개구리네?"

정인수의 말처럼 화면 가득 개구리들의 모습이 보였다. 전체적으로 색이 바랜 듯한 습지의 모습은 원래 그런 것인지 카메라의 필터 때문인지 알 수 없었다. 뒤쪽에는 시커먼 늪이 보였는데 먹이를 기다리기 위해 도사리고 있는 거대한 생명체처럼 보였다. 화면으로 습도가 느껴졌다. 이지우는 화면 구석에서 개구리를 살피고 있었다. 가까이 다가섰다가, 물러서서 입을 벌리고 개구리 소리를 내기도 하다가, 카메라 쪽을 한번 보고는 다시 개구리에게 고개를 돌리고 주저앉아 소리를 냈다. 그 모습이 우스꽝스러워 보였는지 댓글은 웃음으로 가득했다. 'ㅋㅋㅋ, 30분 지나면 인간이 개구리 될 듯', '이거 무슨 방송인가요, 내셔널개구리그래픽인가요', 'ㅎㅎㅎ 보고 있는데 계속 웃음이 난다. 저분 진짜 사차원이신 듯', '지우님 때문에 오늘도 웃고 갑니다. 개구리 소리 진짜 잘 내신다. 개인기 추가!' 같은 댓글이 계속 꼬리를 물며 나타났다.

방송은 움직임이 별로 없었다. 이지우 혼자 진행하다 보니 카메라의 클로즈업이나 이동도 없고, 상황을 설명해줄 사람도 없었다. 고정된 화면에서 벌어지는 동물과 인간의 교감밖에는 볼 게 없었다. 볼 게 그것뿐이니 집중력이 높아지긴 했다. 민시아는 화면에서 시선을 떼지 못한 채 감탄했다.

"이거 진짜 재미있다. 지우가 저렇게 엉뚱한 사람인 줄 몰랐네. 전에는 어떤 동물이 나왔어?"

"제일 조회 수가 많았던 건 나무늘보였고, 비둘기도 한 적 있고, 또 뭐가 있었지? 아, 동물원에 가서 했던 사자 인터뷰도 재미있었지. 지우하고 사자하고 눈 맞추는데 심장이 막 떨리더라."

"인터뷰?"

공상우가 정인수에게 물었다.

"응, 지우는 저걸 인터뷰라고 부르더라. 너희들은 잘 모르겠지만 지우가 약간 말을 더듬어. 사람들하고 말하는 거 엄청 싫어하지. 동물들하고는 말이 잘 통한다면서 어느 순간 저런 채널을 개설했는데, 실제로 말이 통하는 것 같기도 해. 동물들이 지우만 만나면 다들 조용해지고 얌전해지거든. 저 개구리들도 봐. 도망을 가지 않고 가만히 카메라를 보고 있잖아. 전문적으로 교육받은 개구리들인 줄 알겠네."

"책에서 개구리에 대한 걸 읽은 적이 있는데, 고대 중국에서는 수은에 올챙이를 튀겨 먹으면 피임이 된다고 했대. 1950년대에는 살아 있는 올챙이를 한 줌 삼키면 피임이 된다고 했던 보건부 장관도 있었고."

민시아가 생각만 해도 소름이 끼친다는 듯 몸서리를 치면서 말했다. 정인수가 오래전 기억이 갑자기 생각났다는 듯 무릎을 쳤다.

"나 예전에 논길을 가다가 개구리 무리하고 마주친 적이 있었어. 웅덩이 같은 게 있어서 거길 피하려고 작은 길로 들어섰는데 기절하는 줄 알았잖아."

"왜? 뭘 봤길래?"

"길을 가던 개구리 무리가 일제히 고개를 돌려서 나를 쳐다보는데 발을 뗄 수가 없는 거야. 그때 개구리가 몇 마리였는 줄 알아? 내가 가만히 서서 세봤는데 모두 삼백스물네 마리였어. 오차 범위 다섯 마리."

"삼백스물네 마리가 동시에 고개를 돌려서 너를 봤다고?"

"생각해봐. 개구리 중에도 누군가 리더가 있을 거 아냐. 내가 셋을 셀 테니 한꺼번에 고개를 돌리는 거야, 하나, 둘, 셋, 하고 고개를 돌린 느낌이었다니까. 누군가가 지시를 내린 게 분명해. 아, 다시 생각해도 살 떨려."

"나는 얘기만 들어도 무섭다."

"그래서 도망갔어?"

"어떻게 도망을 가. 개구리 삼백스물네 마리가 날 쫓아오면 어떡하려고. 천천히 한 마리씩 개구리를 셌지. 한 마리부터 삼백스물네 마리까지 세는데도 계속 날 보고 있었어. 마치 자신들이 정확히 몇 마리인지 세주길 기다리는 것처럼 말야. 그러더니 이젠 됐다 싶었는지 유유히 길을 건너가더라고. 걔들도 무슨 계획이 있어서 그랬겠지. 어디로 가는 길이었을까? 아마 생존을 위한 집단 이주 같은 게 아니었을까? 그러다 덩치 큰 인간을 만났는데, 수틀리면 얘를 확 해치우고

가자, 그런 계획이 아니었을까?"

"와, 지우 봐. 무슨 이야길 하는 것 같아, 진짜."

민시아의 말에 정인수와 공상우의 눈길도 화면으로 향했다. 화면 속 이지우는 고개를 최대한 아래로 내려 뜨려 개구리에게 가까이 다가갔다. 입을 벙긋거리면서 어떤 소리를 내는 것처럼 보였다.

"지우 말로는, 자기는 동물과 소통할 수 있는 주파수를 알고 있대. 인간은 들을 수 없는 주파수 영역이지만, 자기는 들을 수 있고, 소리도 낼 수 있대."

"그런 사람이 있구나."

공상우가 혼잣말처럼 중얼거리며 고개를 끄덕였다. 민시아가 옆에서 공상우를 툭툭 건드리더니 조용히 물었다.

"믿어?"

"믿지 않을 이유는 없잖아."

"너는 참 잘 믿는구나."

"너도 잘 믿잖아."

"나보다 네가 더 잘 믿는 것 같아. 나는 사람들이 나를 너무 안 믿어주니까 나라도 다른 사람들을 열심히 믿어줘야지, 하고 생각하는 오기가 곁들여진 노력형 믿음이라면, 상우 너는 타고난 천재형 믿음이랄까. 그런 생각이 드네."

그 순간 라이브 동영상에서 놀라운 장면이 펼쳐졌다. 화면 바깥에 있던 개구리들이 안쪽으로 모여들더니 이지우를 둘러쌌다. 이지우는 전혀 놀라지 않고 가만히 앉아서 입을 벌린 채 계속 개구리 소리를 냈다. 이지우의 도톰한 입술을 거쳐 개구리 소리가 연신 울려퍼지자 더 많은 개구리가 화면 안으로 들어왔다.

"우와, 징그럽기도 하고 아름답기도 하고, 뭐라고 말을 못 하겠네."

정인수가 화면에서 눈을 떼지 못하며 말했다. 이지우는 개구리의 왕, 개구리의 사제, 오해받으며 살았던 개구리들의 대변인처럼 보였다. 댓글에는 탄성과 욕이 넘쳐흘렀다. 접속자 수는 5백여 명 정도였지만 반응은 격렬했다. 이렇게 신비한 장면은 처음 본다는 사람도 있었고, 컴퓨터그래픽스 기술이 정말 좋아졌다면서 상황을 믿지 못하는 사람, 지금 거기가 어디냐 당장 달려가겠다는 사람, 사기 치는 데 동원된 개구리들이 불쌍하다는 사람 등 반응도 다양했다.

"저기 어디래? 인수 너는 알아?"

민시아가 물었다.

"아니, 나도 모르지. 그런데 최소한 우리는 저게 컴퓨터그래픽스나 사기가 아니라는 건 알잖아."

정인수가 대답했다.

"못 믿어서가 아니라 혹시 지우가 위험할까 봐 그래. 사람들이 위치를 알아내서 몰려가면 위험하잖아."

"걱정 마. 방송 곧 끝날 테니까. 지우가 방송을 길게 하지 않는 이유가 있어."

이지우는 개구리 무리와 함께 화면 안쪽에 있는 늪으로 걸어가고 있었다. 양옆과 뒤쪽에서 마치 마법에 걸린 것처럼 개구리들이 이지우를 쫓아가고 있었다. 배경의 빛바랜 나무들이 바람에 흔들리며 작은 소리를 냈다. 개구리 소리는 잘 들리지 않았다. 이지우는 회색 티셔츠를 입고 있었는데, 화면 안쪽으로 걸어가면서 점점 배경과 구별되지 않았다. 이지우와 개구리 무리는 늪으로 빠지기 위해 기다란 행렬을 이룬 레밍 무리 같아 보였다. 누군가가 연출한 것 같은 장면이었다. 주인공은 개구리와 함께 화면 속에서 점점 작아지며 멀어졌고, 절묘한 순간에 화면도 꺼졌다.

세 사람은 화면이 꺼지는 순간 동시에 "아" 하는 작은 비명을 질렀다. 화면이 사라지는 게 너무 안타까울 정도로 아름다운 장면이었다. 다음에 어떤 이야기가 펼쳐질지 궁금할 수밖에 없는 대목에서 끝이 나버렸다. 꺼진 화면을 가만히 지켜봤지만 변하는 것은 없었다. 그 순간 민시아가 어깨를 움츠리면서 몸을 뒤틀었다.

"왜 그래?"

공상우가 물었다.

"모르겠어. 갑자기 등에서 뭔가 기어 다니는 것 같아."

"어떤 게? 지렁이야, 지네야, 아니면 뱀이야?"

정인수가 빠른 소리로 물었다.

"모르겠어. 간질간질하더니 갑자기 뼛속에서 뭔가 튀어나온 것처럼 찌릿했어. 지금은 뭐랄까, 다리 네 개 달린 요정 백 명이 동시에 달리기를 하는 것 같아."

"지우 방송이 너한테 뭔가 자극이 됐나 보다."

"그럴 수도 있는 거야?"

"나도 정확히는 모르지만 그럴 수도 있는 거겠지. 등이 간지러운 걸 느끼는 현상은 모두 똑같지만, 원인은 각자 다르니까."

"나도 이제 그럼 초클이 되는 거야?"

"이미 초클의 일원이라고 생각했지만 그래도, 축하해."

D - 1

    초인간클랜에 처음 갔을 때 얘기를 해야겠다. 그때 나는 가출해서 친구 집에 얹혀살고 있었고, 시간이 날 때마다 헤드폰을 쓰고 한강에 나가서 몇 시간 동안 앉아 있었다. 거기에 가면 인간들의 소리가 적게 들리고 작게 들렸다. 음악을 들으면 몇 시간이 훌쩍 지나갔다. 앨범 세 장을 다 들으면 집으로 돌아왔다. 그때 들었던 음악은 내 뼈에 녹음돼 있다. 귓불에 저장돼 있다. 유진이 한강 벤치에 앉아 있던 나를 발견했고, 나는 별다른 고민 없이 따라나섰다. 유진은 내가 한강을 바라보는 눈빛에 레이저가 섞여 있는 것처럼 보였다고 농담을 했다.

초클에 둘러앉아서 자신들의 이야기를 하는데 처음
에는 헛웃음이 났다. 이런 바보들! 머저리들! 초인간
은커녕 초바보들의 모임이라는 생각이 들었다. 그 사
람들은 아무도 글을 읽지 않는 시대의 시인들 같았고,
시속 2백 킬로미터의 시대에서 슬로비디오로 살고 있
는 나무늘보 같았고, 상처받지 않으려고 갑옷을 두르
고 사는 사람들 사이를 발가벗고 다니는 부랑자들 같
았고, 왕따들이고, 소외자들이고, 멍청한 인간들이
며, 매번 당하고 사는 피해자들이며, 상처받고도 복수
할 줄 모르는 무능력자들이며, 아무것도 아닌 존재들
이었다. 그런데 시간이 지날수록, 그 자리에 앉아서 이
야기를 들을수록, 그들은 아무것도 아닌 존재들이어
서 초능력자들 같았고, 세상 누구도 정식 종목으로 인
정해주지 않는 스포츠의 유일한 선수들이자 세계신기
록 보유자들이라는 생각이 들었다. 모든 날의 요일을
외우는 인간이나 동물들과 이야기가 가능하다고 생각
하는 또라이나(나는 아직도 이지우가 동물과 대화할 수 있다
는 사실을 믿을 수 없다) 손톱에서 빛이 나는 발광 인간이

나 세상이 원하는 동체 시력이 아니라 정지 시력만 탁
월하게 좋은 쓸데없는 관찰자에게 누가 관심을 가질
까. 무능력에 가까운 초능력을 지니게 된 그들의 이야
기를 대체 누가 들으려고 할까. 그렇지만 나 역시 그들
과 비슷한 종족이었기에, 비슷한 부위에 상처가 있기
에, 세상이 보는 것을 보지 않으려고 두 눈을 뽑아버린
초인간이기에 그들과 함께하기로 했다.

　인간의 귀가 두 개인 이유는 스테레오를 위해서다.
두 개의 귀로 들리는 다른 소리를 감지하고, 그 차이
를 통해 거리를 파악하고 위치를 확인하며 위험을 피
한다. 귀가 두 개이기 때문에 자신의 현재 위치를 알
수 있는 셈이다. 나는 초인간클랜이 서로의 귀와 같은
역할을 한다고 믿는다. 우리는 귀 하나만 달고 태어난
무능력자들, 그래서 서로의 나머지 한쪽 귀가 되어준
다. 서로에게 위험을 알려주고, 각자의 위치를 확인시
켜준다.

　내일의 습격을 준비한 것도 그런 의미다. 우리는 내
일 서로의 귀가 될 것이며, 눈이 될 것이며, 방패가 될
것이고, 결국 성공할 것이다. 우리의 심장은 조각조각

나 있었으니, 그 조각들이 다르게 모여 새로운 심장이 될 것이다. 내일 누군가가 다치게 되거나 부서지게 되더라도 우리는 서로의 피부가 될 것이고, 상처를 감싸주는 붕대가 될 것이며, 부족한 피를 채워줄 것이다.

니코Nico의 〈Chelsea Girls〉를 듣고 있다. 노이즈 캔슬링 헤드폰으로 이 노래를 들으면 마치 첼시 호텔 506호에서 니코와 함께 누워 있는 것 같다. 왼쪽에 기타리스트가 있고, 오른쪽에서는 누군가가 플루트를 연주하고 있다. 기타 연주자는 멀리 있고, 플루트 연주자는 조금 더 가까운 곳에 서 있다. 현악기 연주자는 어쩌면 누워 있는지도 모르겠다. 〈Chelsea Girls〉도 내일의 플레이 리스트에 포함시켜야겠다. 아무리 긴박한 순간이 와도 마음에 평안이 찾아올 것 같다. 내일을 위해 준비한 노래는 아래와 같다. 〈Chelsea Girls〉를 추가하니 완벽해진 것 같다.

I Heard It Through The Grapevine / The Slits

Peek-A-Boo / Siouxsie & The Banshees

Ring-a-ding-dong / Kleenex

Oh Bondage! Up Yours! / X-Ray Spex

Fairytale In The Supermarket / The Raincoats

Searching For Mr. Right / Young Marble Giants

Rebel Girl / Bikini Kill

Sunday Girl / Blondie

Too Many Creeps / Bush Tetras

You / Au Pairs

Gloria / Patti Smith

Chelsea Girls / Nico

모든 일을 완벽하게 성공한 후 호텔에 누워서 모두 함께 〈Chelsea Girls〉를 들어야겠다. 플레이 리스트에 있는 곡을 다 듣지도 못하고 일이 끝날 확률이 높겠지. 그래도 상관없다. 남은 곡들이야 나중에 함께 들으면 되지. 열두 곡의 러닝타임은 47분이다. 정인수라면 딱 떨어지는 시간을 위해 3분짜리 곡 하나를 추가했겠지만, 나는 47이라는 숫자도 좋다. '사십칠'이라고 발음해보니까 입이 열렸다가 닫히는 모양도 마음에 든다. 정인수가 의미의 신봉자라면 나는 무의미의 사도

다. 상징을 싫어하고 정리된 개념도 증오한다. 나는 혼돈의 베스트 프렌드다. 아무런 의미가 없는 것들이 의미 없는 채로 사라지는 것이 아름답다. 내일, 우리는 세상을 혼란스럽게 만들 것이다.

D - 30

공용 오피스 회의실에서 열리던 모임은 오은주의 원룸으로 장소가 바뀌었다. 제품 디자이너로 일하고 있는 오은주가 연말 보너스를 받고 이전의 두 배쯤 되는 원룸으로 집을 옮기자, 친구들이 그쪽으로 모이기 시작했다. 오은주가 회사에 가고 없을 때도 초클은 그곳을 마음껏 드나들었다. 밤이 되면 아르바이트를 마친 친구들이 자기 집인 것처럼 들렀다. 아르바이트 시간이 조금씩 달라서 모두가 한꺼번에 모일 수는 없었지만, 일주일에 한 번, 일요일 밤 9시에는 모든 회원이 모였다.

그날 역시 초클의 정기 모임이 끝나고 모두 똑같은 자세로 텔레비전을 보고 있었다. 왼손에는 피자 한 조각, 오른손엔 콜라. 정치권 뉴스가 끝나고 '집중 분석, 자율 주행 자동차의 미래'라는 제목이 화면에 나타났다. 정인수가 콜라를 내려놓고 리모컨으로 채널을 돌리려고 하자 이지우가 소리를 질렀다.

"잠깐만."

화면에 동물원 모습이 나왔다. 정인수는 리모컨을 쥔 채 얼어붙었다. 이지우의 다음 명령을 기다렸다. 리모컨을 내려놓고 다시 콜라를 잡을 것인가, 리모컨을 쥐고 있다가 채널을 돌릴 것인가.

"저게 무슨 소리야? 자율 주행 트럭으로 동물들을 실어 나른다고?"

민시아가 피자의 끄트머리를 입에 물면서 소리를 질렀다. 모두들 피자로 입을 틀어막고 방송국 기자의 보도에 귀를 기울였다.

동물원연합은 동물원 내 동물들의 도태를 위해 최신 기술을 도입하기로 결정했다고 발표했습니다. 기존에는 특별하게 훈련된 사육사들이 과잉 개체들을 도태시켜왔지만, 비인간적인 방법이라는 지적이 있었던 것이 사실입니다. 동물원연합은 인간 대신 기계로 작업을 진행하여 사육사들이 도태 작업 후 겪게 되는 트라우마를 해결할 수 있다고 밝혔습니다.

기존에는 과잉 개체들을 각각의 동물원에서 도태시켜왔지만 이 방법 역시 바뀝니다. 앞으로는 자율 주행 트럭을 이용하게 되는데요. 자율 주행 트럭이 도입된 지 10년, 안전성과 효율이 이미 검증되었기 때문에 사업을 확대하기 위한 다양한 시도 중 하나로 해석됩니다. 자율 주행 트럭이 각 동물원을 돌아다니면서 과잉 개체들을 수집하고 최종 도태 장소에서 기계로 작업을 진행하게 되면, 사람이 전혀 개입하지 않고도 도태 작업을 할 수 있게 된다고 관계자는 밝혔습니다.

동물원연합의 이번 결정에 대해 반대의 목소리도 있습니다. H동물원의 사육사로 일하고 있는 L씨의 이야기를 들어보겠습니다.

"도태 작업은 동물과 마지막으로 나누는 인사와 같은 것입니다. 자신의 손으로 동물을 죽이는 대신 기계가 그 일을 대신한다면, 사육사들은 더 큰 트라우마에 시달리게 될 것이라고 확신합니다."

동물원연합 회장인 전고양 씨의 의견은 이와 다릅니다.

"사육사들은 반대를 하지만, 그들의 감정 소모는 다른 동물들에게도 영향을 미치게 됩니다. 동물원 전체로 보자면 비경제적인 방법입니다. 도태 작업은 비인간적으로 진행될수록 그 효과가 더욱 크다고 할 수 있습니다. 동물원연합은 자율 주행 트럭을 도입해 이미 여러 번의 테스트를 거쳤고, 성공적으로 모든 작업을 마쳤습니다. 동물 역시 인간의 감정을 느끼지 않아 더욱 행복하게 죽을 수 있다고 생각합니다. 동물과 인간 모두에게 더 나은 방법이라고, 저는 확신합니다."

20년 전, 동물원 내의 도태 작업 공개로 세간의 관심을 끌었던 동물원연합은 이번 계기를 통해 더욱 현대화된 동물원의 모습을 사람들에게 각인시키기를 기대하고 있습니다. 도태 작업은 오는 1월 11일, U시에서 가장 먼저 시작됩니다. 이상, 동물원에서 임지후 기자였습니다.

보도가 끝났지만 아무도 입을 열지 않았다. 입속에 아직 피자가 남아 있었다. 보도 내용을 들으면서는 숨 죽이느라 씹을 수 없었다.

민시아 :   (한 손을 들고 주위를 둘러보며) 저게 무슨 소
             리인지 설명해줄 수 있는 사람?

정인수 :   (입을 삐죽거리며) 간단한 이야기인데? 그동
             안 동물원에서 남아도는 동물들을 죽여
             왔는데, 이제는 인간이 아닌 기계가 그
             역할을 대신할 거고, 옮기는 것도 인간
             이 아니라 자율 주행 트럭이 할 거다.

오은주 :   역시 인수가 정리를 잘해.

민시아 :   그러니까, 내 말은, 저게 진짜란 거잖아.
             다들 알고 있었어? 동물원에서 동물을
             죽이는 게 말이 되냐고. 알고 있었던 거
             야? 나만 몰랐어?

공상우 :   나도 몰랐어.

유 진 :   나도.

이지우 :   나는 대충, 조금, 알고, 있었을 거야.

정인수 :   나도 몰랐어.

오은주 :   나도 몰랐지. 모음이 넌 알았어?

한모음 :   (헤드폰을 쓴 채 말없이 고개를 젓는다.)

민시아 :   그런데 왜 하필 우리 시에서 제일 먼저

하는 거야, 기분 나쁘게? 저걸 확, 습격
해버릴까?

정인수 :　습격? 진심으로 하는 소리야?

유　진 :　진심으로 하는 소리는 아니겠지. 저걸 어
떻게 습격해.

민시아 :　(분노로 흥분해서) 나 완전 진심이야. 저건
학살이잖아. 도태가 아니라 학살이라고.
우리가 구해줘야 해.

정인수 :　세상의 모든 동물을 다 구해주려고?

민시아 :　그럴 수 있으면 그래야지. 그럴 수 없으
니까 분하지만, 저건 우리가 지금 봤잖아.
알고 있잖아. 우리가 아무 행동도 안 하
면 우린 비겁한 거라고.

유　진 :　비겁한 건 아니지.

민시아 :　비겁한 거야.

정인수 :　다 구할 수는 없어. 매년 도태되는 동물
이 몇 마리겠어. 내가 한번 계산해볼까?

오은주 :　좋아, 습격한다고 쳐봐. 그런데 무슨 수
로? 무슨 수로 트럭을 습격해?

민시아 :   (무슨 말을 하려다가 멈추고, 체념한 듯) 그래,
　　　　　　수가 없겠지.

정인수 :   (주위를 여러 번 둘러보다가 조심스럽게) 수가
　　　　　　전혀 없는 건 아니야. 내가 저 방면 전문
　　　　　　가를 알지.

유　진 :   어느 방면인데? 범죄 방면?

민시아 :   진짜? 누굴 알고 있는데?

정인수 :   이건 진짜 비밀이니까 다른 데 가서 말
　　　　　　하면 큰일 나. 다들 알았지? 비밀을 지키
　　　　　　겠다고 다들 맹세해.

오은주 :   인수 너도 알잖아. 우리 친구 거의 없는
　　　　　　거.

정인수 :   그래도 맹세해. 다른 데 가서 말하지 않
　　　　　　겠다고. (모두 손을 들어 맹세하는 걸 지켜본 다
　　　　　　음) 삼촌이 친구하고 전화하는 걸 엿들었
　　　　　　는데, 전자 제품 배달하는 자율 주행 트
　　　　　　럭을 털었던 적이 있대. 그런데 너무 쉬워
　　　　　　서 재미없을 정도라고 했어.

유　진 :   삼촌이 뭐 하는 사람인데?

정인수 : 집에서 놀아.

유 진 : 계속 놀아?

정인수 : 전에는 회사에 다녔지.

유 진 : 어떤 회사?

정인수 : 프로그래머였어. 나 정도는 아니지만 동네에 천재라고 소문이 났었지.

유 진 : 그럼 노는 사람이 아니네. 네 삼촌 해커인가 보다.

정인수 : 삼촌이 그랬어. 자율 주행 트럭의 좋은 점이 뭔 줄 알아? 사람이 없다는 거야. 사람이 없으니 누굴 해칠 필요가 없어. 성공하면 통째로 성공하는 거고, 실패해도 아무도 다치지 않아. 가장 성공적인 실패고, 별것 아닌 실패가 되는 거지. 은행을 터는 놈들이 저지르는 가장 큰 실수가 바로 사람을 건드리는 거야. 누굴 죽이거나 다치게 하면 복수가 따라오게 되는 걸 몰라. 복수가 시작되는 순간 일은 간단하지 않거든. 바보 같은 놈들이나

은행을 털고, 더 바보 같은 놈들이 은행
에서 사람을 다치게 하지, 라고.

오은주 : (놀라며) 그걸 다 기억하고 있던 거야?

정인수 : 들은 건 잊어버리지 않아, 나는.

유　진 : 범죄야. 아무리 동기가 선하더라도 범죄
는 안 돼.

오은주 : 심각한 범죄는 아냐.

유　진 : 그래도 범죄는 범죄지.

민시아 : 내 생각에는 동물원에서 동물을 죽이는
게 더 큰 범죄 같아.

오은주 : 난 괜찮은 아이디어라고 생각해. 인수 삼
촌 말대로 사람을 해치는 일은 아니잖
아. 사소한 도둑질 같은 거야. 만약 걸리
면 한 사람이 책임지면 되는 거고, 그게
누가 될지는 너희들도 알지? 초인간클랜
이 도태되는 야생동물을 구해준다, 뭔가
이야기가 재미있지 않아? 드라마틱해. 어
쩌면 세상 사람들에게 초인간클랜이 누
구인지 알려줄 수도 있어.

이지우 :   우리, 전부 다, 초인간클랜 모두 다, 세상
          에 알리고, 드러내고, 그러는 게 목표였
          어? 나, 나만 몰랐던 거야?

오은주 :   그건 아니지만……, 일종의 가두시위랄
          까, 뭘 훔치는 것도 아니고, 해치는 것도
          아니고, 해방시켜주는 것이니까, 우리랑
          어울리지 않아? 지우 너는 곧바로 찬성
          할 줄 알았는데.

이지우 :   (말을 고르기 위해 천천히 한숨을 쉬고는) 좋아,
          그래, 다 좋아, 좋은데, 구해서, 구한 다
          음에, 해방시킬 거면, 어떻게, 어디서, 어
          디에다, 풀어줄 건데?

오은주 :   깊은 산에 풀어주면 되는 거 아냐? 그건
          지우 네가 전문가잖아.

공상우 :   내가 잠깐 끼어들어도 된다면, 몇 년 전
          동물원을 탈출한 원숭이들이 집단으로
          학살당한 사건이 있었어. 야생에 적응을
          못한 거지.

이지우 :   상우, 공상우, 말이 맞고, 그런 일이, 진

짜로 있었어.

오은주 :   (주변을 둘러보면서 별일 아니라는 듯) 그러면
           동물원연합에 소속돼 있지 않은 작은 동
           물원에 넘겨주면 되잖아. 찾아보면 유기
           동물을 받아주는 곳도 있을 거야. 아니
           면 무허가 동물원 같은 곳도 있을지 몰
           라. 죽는 것보다는 감옥 같더라도 동물원
           이 낫지 않겠어?

이지우 :   큰 동물원이, 과잉 개체, 포화 상태면,
           작은 동물원은, 더 심하게, 심각하게 그
           럴 거야. 작은 곳에 팔 수 없고, 사겠다
           는 데가, 전혀, 하나도 없으니까, 마지막
           최후의, 방법으로 도태를, 진행하는 거
           야. 동물원 사람들도, 죽이고 싶어서, 학
           살하고 싶어서 그러는 게 아니고, 다른
           방법, 어쩔 도리가 없는 거야.

정인수 :   (한숨을 내쉬면서) 진작에 동물들의 번식을
           관리해서, 과잉 개체가 없게 하면 되는
           거 아냐?

이지우 :   그러면, 관리하면, 조절하면, 번식을, 막
         으면, 그러면 그때부터는 그 동물이 아니
         고, 다른 동물이 되는 거야.

정인수 :   그러면 죽는 것도 개네들 운명인 거네.

오은주 :   (이지우를 손가락으로 가리키면서) 좋아, 알겠
         어. 단도직입적으로 물어볼게. 만약 지우
         네가 과잉 개체가 된 동물이면 어떨까?
         일찍 죽는 게 좋아? 아니면 조금이라도
         적응해보고, 살기 위해서 뭐라도 시도해
         보고, 그다음에 죽는 게 좋아?

이지우 :   (머뭇거리다가) 친구들에게 물어본 적이 있
         어.

오은주 :   친구들?

이지우 :   응, 내 동물 친구들.

오은주 :   뭐래?

이지우 :   자연은, 대자연은, 생존 그리고 죽음, 둘
         중에서, 언제나, 생존을 따른대. 죽음을
         피하려고, 피하기 위해서, 살아가긴 하지
         만, 삶을 피하려고, 피할 목적으로 죽는

경우는, 없대.

오은주 :   누가 한 말이야? 멋지네.

이지우 :   코뿔소.

오은주 :   생긴 것만큼 멋진 녀석이네.

이지우 :   은주 씨는, 코뿔소하고, 코뿔소 모습, 코
            뿔소를 닮았어.

오은주 :   (눈을 동그랗게 뜨며) 내가?

이지우 :   응, 걔는, 코뿔소는, 선천적으로, 약시라
            서, 청각, 후각이 대단하고, 대단하게 예
            민해. 은주 씨도 후각이, 냄새가, 다 살
            아 있다고 얘기했잖아. 살아 있는 생명
            체, 전부 다 합해도, 그중에서 유일하고
            하나뿐인 게, 뿔이 하나뿐인 존재는 단
            하나 코뿔소야. 유니콘같이.

오은주 :   우와, 그거 좋다. 내가 유니콘 같은 거
            네?

이지우 :   (신나서 목소리가 점점 커진다.) 뿔이 두 개여
            야 정상, 두 개 있어야 하는데, 하나밖에
            없으니까, 부족하다고 생각해서, 어떤 사

람들은, 걔를, 장애 동물이라고 여겨.

오은주 : 이상한 놈들이네. 남들보다 모자란 게 아니라 희소성이 높은 건데 말야. 난 언제나 그렇게 생각해왔어. 남들과 달라서 좋다고.

민시아 : 앞으로 긍정적인 코뿔소라고 불러줄게.

정인수 : 딱 어울려.

오은주 : 코뿔소가 그랬단 말이지? 삶을 피하기 위해 죽는 경우는 없다. 그럼 답이 나온 거 아냐? 그냥 죽기보다는 조금이라도 삶을 향해 달리게 해줘야 하는 거 아닐까?

민시아 : 나 어렸을 때 동물원에서 코끼리를 본 적이 있어. 눈이 마주쳤는데, 그 눈이 지금도 기억나. 난 분명히 그때 코끼리가 울고 있었다고 생각해. 내 눈을 보다가 돌아서서는 상아를 바닥에 계속 비볐어. 땅을 파서 어디론가 도망가려는 건가, 아니면 간지러운 건가, 계속 땅을 팠어. 나

중에 책에서 읽었는데, 그건 코끼리가 고
통스러워서 하는 행동이래. 그 코끼리 지
금은 죽었을까?

정인수 : 나는 한 시간 동안 같은 길을 87번 왕복
하는 곰도 봤어. 내가 직접 세봤어. 그런
것도 다 스트레스 때문이래.

유　진 : (조용히 고개를 저으며 냉소적인 표정으로) 너무
위험한 계획이야. 나는 반대야.

오은주 : 일단 내가 계획을 세워볼 테니 그때 다시
생각해보면 어때? 그럴듯한 계획이 있으
면 해볼 거야?

유　진 : 그럴듯한 계획이어도 위험해. 범죄잖아.

오은주 : 내가 다 책임진다니까. 초클의 리더로서
내가 모든 범죄 계획을 세웠고, 내가 실
행한 거야. 너희들에게는 피해가 안 가도
록 할게.

민시아 : 무슨 소리야, 다 같이 한 거지.

공상우 : 맞아, 할 거면 다 같이 하고, 안 할 거면
여기서 그만두고.

정인수 :   투표로 결정하자.

오은주 :   좋아. 지금 말고 내일 투표로 결정하자.
            단 한 표라도 반대가 있으면 하지 않는
            걸로. 어때?

민시아 :   민주주의에 어긋나는 거 아냐?

오은주 :   그러면 우리는 초클이니까 단 한 사람이
            라도 하고 싶어 하면 하는 걸로……, 어
            때?

정인수 :   그게 무슨 투표야.

오은주 :   그럼 다수결?

공상우 :   좋아, 다수결.

오은주 :   다수결로 결정했어. 그럼 내일까지 각자
            생각해 와. 중요한 문제니까. 한모음 들었
            지?

한모음 :   (고개를 끄덕이며) 난 찬성.

오은주 :   뭐가 찬성인데?

한모음 :   다수결.

　　다음 날은 월요일이어서 모두 모일 수는 없었다. 민

시아는 아르바이트를 가야 했고, 오은주는 회사 일 때문에 늦었다. 두 사람이 빠진 채로 회의가 시작됐기 때문에 결론을 낼 수 없었다. 각자 어릴 때 길렀던 동물 이야기를 하기 시작했는데, 이야기가 깊어질수록 습격의 정당성을 만들기 위한 토론장이 되었다. 오은주가 회사에서 돌아왔을 때는 대부분 습격에 찬성하는 분위기였다. 유진만 빼고.

유　진 :　　나는 이번 일 때문에 초클이 해체될까
　　　　　　봐 그게 걱정이야.

정인수 :　　왜 해체돼? 힘든 일을 함께 겪을수록 단
　　　　　　단해지는 법이라잖아.

유　진 :　　그건 이론적인 거지. 실제로는 힘든 일을
　　　　　　겪으면 서로를 멀리하게 돼 있어.

이지우 :　　맞아, 그건 그래. 친구들과 한번 멀어지
　　　　　　고, 힘들고, 싸우면 다시는 가까워지기
　　　　　　어려워.

오은주 :　　난 미래가 불안하다고 해서 지금 할 수
　　　　　　있는 일을 포기하는 건 아니라고 봐. 만

약, 우리가 옳은 일이라고 생각했고, 그
걸 하기로 했다면, 나중에 어떤 결과가
닥쳐도 감수해야지.

정인수 : 오, 멋있다, 리더.

유　진 : 우리가 할 수 있는 일일까?

오은주 : 일단 해보자.

한모음 : (손을 들며) 난 찬성.

정인수 : 뭐에 찬성인데?

한모음 : (말없이 오은주를 가리킨다.)

공상우 : 나도 오은주 말에 찬성.

유　진 : 지우 너는?

이지우 : 그래, 좋아. 친구들을 위한 일이니까.

오은주 : 민시아는……, 뭐, 자기가 꺼낸 이야기니
까 당연히 찬성일 거고.

정인수 : 내가 삼촌을 데려와야 하는 거야? 그건
자신 없는데.

공상우 : 그건 내가 알아볼게. 알 만한 사람이 있어.

이지우 : 재미있겠다.

정인수 : 뭐가?

이지우 :　팀이 된다는 거. 난 팀이 되는 거, 한 번
　　　　　도 못 해봤어.

정인수 :　하긴……, 나도 그래.

공상우 :　나도.

오은주 :　유진, 결정했어?

민시아는 습격에 대한 정보를 얻기 위해 도서관으로 달려갔다. 무엇이든 시작 전에 책부터 찾아보는 민시아의 성격은 여전했다. 습격에 대한 책이 있을 리 없었다. 습격당한 사람들의 이야기는 많았지만 습격을 계획하는 사람을 위한 책은 없었다. "바보, 자기계발서처럼 습격 참고서 같은 게 있을 줄 알았니?" 혼잣말을 하면서 도서관을 걸어다녔다. 민시아는 미련을 버리지 못하고 도서관의 검색대에서 '습격법', '뒤통수치는 법', '몰래 다가가는 법' 같은 문장을 쳐보았다. 인간은 다양한 분야에서 습격을 당하고 있었다. 화학물질로부터도 습격을 당하고, 옥수수로부터도 습격을 당하고, 바이러스에게도 습격을 당했다. 인간은 누구도 습격하지 않은 것처럼, 인간의 습격을 다룬 책은 찾아볼 수 없었다. 민시아는 도서관 사서에게 물었다.

"혹시, 인간이 누군가를 습격하는 책 있어요?"

사서는 눈을 크게 뜨고 민시아를 보았다. 비밀을 들킨 사람 같아 보였다.

"습겨어어어억이요?"

말을 길게 늘어뜨리면서 시간을 끄는 것처럼 보이기도 했다.

"네, 습격이요."

"글쎄요, 어떤 습격을 말씀하시는 건지……, 전쟁사는 저쪽에 따로 모여 있어요."

"전쟁도 일종의 습격인가요?"

"갑자기 시작하면 그렇겠죠."

"보통 선전포고를 하지 않아요?"

"습격이 먼저 있으니 열 받은 누군가가 선전포고를 하지 않겠어요?"

"그렇겠네요. 습격 잘하는 법, 습격의 예술 뭐 그런

책은 없겠죠?"

"습격하시게요?"

"네. 어딘지는 말 못 하고요."

"네. 소설에는 그런 이야기들이 좀 나와 있겠지만 본격적인 습격은……, 아, 무라카미 하루키가 '빵가게 습격'인가 하는 책을 썼을 거예요."

"빵가게요? 지금 있어요?"

"음……, 잠깐만요……. 대출 중이네요. 반납일은 10일쯤 남았고요."

"혹시, 빵가게를 왜 습격했는지 아세요? 읽어보셨어요?"

"아마 배고파서 그랬을걸요. 오래전에 읽어서 자세히 기억나지는 않지만."

"배고파서라……. 간단하네요, 동기가."

"나중에 읽어보세요. 자세하게는 기억나지 않지만 재미있었던 기억이 나요."

"네."

"혹시 습격에 대한 정당화가 필요한 거예요, 아니면 습격을 잘할 수 있는 기술이 필요한 거예요?"

"둘 다 있으면 좋겠지만, 지금은 기술이 조금 더 필요해요."

"강도를 계획하는 건 아니죠? 누군가를 죽일 계획을 세운다거나."

"네, 말 그대로 누군가를 갑자기 공격하지만 다치게하고 싶지는 않아서요. 그러려면 고도의 기술이 필요할 것 같아서요."

"영화 중에는 그런 게 있는데……."

"영화요?"

"얼마 전에 로버트 레드포드가 은행 강도로 등장하는 영화를 봤는데요, 로버트 레드포드 알아요? 유명한 배우인데. 아무튼 그 사람은 누굴 다치게 하지 않고 아주 젠틀하게 은행을 털어요. 습격은 급작스럽지만 진행은 우아하고 끝맺음은 조용해요. 물론 습격당한 사람의 마음을 생각하면 간단한 문제는 아니지만요."

"제가 원하던 게 그런 거예요. 습격의 기술도 나오는 거죠? 제목이 뭐예요?"

"〈미스터 스마일〉일 거예요."

"제목도 멋지다. 고마워요."

"만약 어딘가를 습격할 계획이 있고 그걸 반드시 실행해야 한다면, 하지 않는 게 좋겠지만, 그래도 꼭 해야 한다면, 우아하게 하셨으면 좋겠네요."

"참고할게요. 고마워요."

"아마 민시아 씨는 잘하실 거예요."

"어? 제 이름 아세요?"

"도서관 회원 카드 만드셨잖아요."

"아, 그랬네요."

"잘 이용하시진 않지만."

"왜 습격을 잘할 거라고 생각하세요?"

"민시아 씨는 이미 습격 장인이에요. 도서관의 책을 몰래 찢어 가시는 것도 일종의 습격이라고 할 수 있죠."

"아……, 알고 계셨어요?"

"알고 있었죠. 오늘은 또 어떤 책을 찢어 갈 셈인가, 그런 생각을 하고 있는데, 질문을 해서 깜짝 놀랐어요. 책을 찢어 가는 건 도서관에서 일하는 사람 입장에서는 몹시 당황스럽고 불쾌한 일이지만, 어쩌겠어요. 꼭 필요하다면 찢어 가야죠. 저는 사실 민시아 씨의 실력에 감탄하고 있어요. 소리도 나지 않을뿐더러 어찌나 조용하고 빠른지……. 초능력자의 솜씨라고 해도 될 정도였어요. 그렇다고 그 행동을 잘했다고 칭찬하는 건 아니고요."

"감사하다고 해야 할지, 죄송하다고 해야 할지……."

"아무튼 민시아 씨는 잘할 거예요. 어떤 습격인지는 모르겠지만."

민시아는 여러 번 인사하고 도망치듯 도서관을 빠져나왔다. 부끄러움보다는 고마운 마음이 더 컸다. 누군가가 자신을 조용히 지켜보고 있다는 생각을, 민시아는 처음으로 했다. 때로는 그 누군가가 자신을 미워하는 사람일지도 모른다는 생각을 하면 등골이 차갑게 식는 것 같은 기분이 들었다.

민시아는 집으로 가는 버스에서 사서가 이야기한 영화를 다운로드 해서 보았다. 흔들리는 버스 뒷좌석에 앉아 로버트 레드포드가 돈 가방을 들고 나오는 첫 장면을 보았다. 설명해준 그대로였다. 긴박감보다는 평화로운 분위기가 영화 전체를 감돌았다. 로버트 레드포드가 연기한 포레스트 터커는 우아하게 은행을 턴다. 침착하게 걸어가서 자리를 잡고 기다린다. 몇 시간, 며칠이 걸릴 수도 있다. 느낌이 올 때까지. 때가 됐다고 생각되면 우아하게 걸어가서 은행 직원에게 이렇게 말한다. "전 은행을 털 겁니다. 가방에 현금을 채워주세요. 이상한 행동은 하지 말아요. 그쪽이 다치는 건 싫으니까요. 저는 그쪽이 마음에 들거든요." 은행 직원이 돈을 채워주면 유유히 빠져나온다. 빨리 친구들에게 가서 영화를 보여주고 싶었다. 우리도 이렇게 우아하게 습격을 하면 좋겠다고, 젠틀하고 조용하게 일을 끝내면 좋겠다고, 친구들에게 말할 생각이었다.

"말도 안 돼. 그게 무슨 습격이야. 습격은 자고로 떠들썩해야지."

다음 날 민시아의 이야기를 들은 정인수가 소리를 질렀다. 영화의 도입부를 볼 때부터 정인수는 뭐가 마음에 들지 않는지 계속 얼굴을 찡그리고 있었다.

"〈보니와 클라이드〉라는 영화 봤어?"

정인수가 민시아에게 시비 걸듯 말했다.

"아니."

민시아는 먼저 고개를 좌우로 흔든 다음 뒤늦게 대꾸했다.

"거기 보면 클라이드와 보니가 은행을 털러 들어가. 총을 꺼내고는 조용히 '손 들어' 이러니까 아무도 반응을 안 해. 조용하니까 아무도 못 들은 거지. 다시 한번 큰 소리로 '손 들어' 소리를 지르니까 그제야 알아차리는데, 영화의 교훈이 뭐겠어. 일을 저지르려면 시끄럽게, 한방에 해야 해. 안 그러면 아무도 겁먹지 않고, 오히려 당한다니까."

"그 영화의 교훈은 착하게 살라는 거 아니었어? 만약에 교훈이 있다면 말야."

영화에는 눈길을 주지 않고 30분째 창밖의 나무를 보고 있던 유진이 말했다.

"유진, 너는 습격을 함께 하기로 했으면 이런 영화도 같이 봐야 하는 거 아냐?"

정인수가 퉁명스럽게 말했다.

"내 역할은 알아서 할게. 나 영화 안 좋아하는 거 알잖아. 분명히 말하지만 나는 이 습격에 반대야. 초클이 함께 하는 일이기 때문에 같이 움직이지만 너무 많은 걸 요구하지는 말아줬음 좋겠어."

고개를 돌리지 않고 유진이 말했다.

"오늘 오은주가 작전 발표를 하기로 했으니까 이따 가 얘기하자고."

정인수는 다시 태블릿 PC의 화면으로 고개를 돌렸다. 로버트 레드포드가 조용히 은행을 터는 장면이 계속되고 있었다.

"유진, 너는, 말도 못하게, 멋진 나무늘보, 느릿느릿한 나무늘보를 닮았어."

소파에 앉아서 책을 읽고 있던 이지우가 책을 덮더니 유진을 향해서 말했다. 위대한 발견을 한 과학자 같은 말투였다. 유진의 대꾸를 기다렸지만 쉽게 답을 줄 유진이 아니었다. 이지우의 흥분이 식길 기다린 다음에야 유진이 짧게 대꾸했다.

"어째서?"

"나무늘보는 그래서, 생각보다, 빨라."

"나 안 빠른데?"

"그렇지만, 우아해."

"난 아닌데?"

"너는, 그래, 혼자, 외롭게 있는 거 좋아하고, 그렇지만, 누가 만지는 거, 손대는 걸 싫어해, 끔찍하게 피해."

"그건 맞네."

유진은 계속 창밖을 보며 대답했다. 오후 4시의 구름이 천천히 모양을 바꾸면서 다른 생명체인 것처럼 변장하고 있었다. 유진은 단 한 순간도 놓치지 않았다.

"사람들은, 나무늘보가 잠을 많이 잔다고, 정신을 차리지 못한다고, 생각하지만, 아냐, 잘못 알았어, 땡, 땡, 움직이지 않는다고, 잠을 자는 게 아니야, 그러니까, 너도 가만히 있다고, 잠을 자는 게 아니잖아."

"그것도 맞네. 나는 지금 눈앞에서 바뀌고 있는 풍경을 해석하기 위해 모든 에너지를 다 쓰고 있거든."

"수영을 잘해."

"나무늘보가?"

"물에 들어가면, 땅보다, 세 배나 빨라, 특별히, 배영을 잘해."

갑자기 유진이 고개를 돌려 이지우를 보았다. 방금 한 말이 사실인지 거짓말인지 확인하기 위해서였다.

이지우가 거짓말을 할 리 없다는 걸 유진은 알고 있었다. 더구나 그 주제가 동물에 대한 것이라면.

"그건 정말 마음에 든다. 나도 배영 좋아해. 물위에 가만히 떠서 하늘 보는 거 좋아해."

"응, 멋진 나무늘보야."

"좋아, 인정해줄게."

유진은 다시 고개를 창밖으로 돌렸다. 이지우는 유진의 뒷모습을 한번 바라보고는 다시 책을 펼쳤다. 괜히 웃음이 났다. 나무늘보는 이지우가 가장 좋아하는 동물이었고, 유진과 나무늘보가 닮았다는 이야기를 통해 마음을 고백한 것 같아서 기분이 좋았다. 나무늘보의 에너지 관리 시스템을, 이지우는 읽고 있었다. 삶과 에너지를 허투루 낭비하지 않고, 아주 천천히 어딘가로 나아가고 오랫동안 움직이지 않으면서 느긋하게 결정하는 나무늘보의 이야기를 읽으면서 유진과 똑같다고 생각했다. 책에 다시 집중하려는 순간 정인수가 작은 목소리로 이지우에게 말을 걸었다.

"나는? 나는 어떤 동물이랑 비슷해?"

"너는, 영리한 한스."

"걔가 누군데?"

"말. 독일에서 제일 유명한, 영리하고 눈치 빠르고, 그런 말."

"걔랑 왜 닮았어?"

"한스는 곱하기하고 문제 푸는 걸, 잘하고, 수학으로 칭찬받고, 사람들을 놀래키는 걸 좋아했어."

"말이 수학을 한다고?"

"말 주인이 문제를 내면, 앞발을 굴러서 숫자를 말하고, 발굽으로 답을 맞히고, 칭찬을 받았어."

"세상에 그런 말이 있다고?"

"나중에 심리학자가 알아냈어. 실험하고, 다른 문제를 내니까, 주인이 있을 때만 답을 맞히는 거야. 이상하구나, 알고 봤더니 답에 가까워졌을 때 주인의 표정이 바뀌는 걸 알아채고는, 그러니까 답이 12라고 하면, 열한 번째 앞발을 굴렀을 때 주인이 긴장하면, 마지막으로 한 번만 더 앞발을 구르고, 정확하게, 딱, 따닥, 멈추는 거야. 주인을 위해서."

"뭐야, 순 사기잖아."

"아니야, 사기. 짜고 치는 게 아니야. 주인도 몰랐고,

가르친 게 아니고, 속인 게 아니야. 한스가 그러니까, 눈치가 빠른 거야."

"나는 수학을 잘해. 진짜로. 눈치가 빠른 게 아니고."

"그게 아니고, 너는 다른 사람을 잘 살피고, 지켜보잖아. 우리가 어떤지, 아픈지, 외로운지, 슬픈지 알고, 그걸 멈추거나 늘리거나 위로해주고, 그러잖아. 한스보다도 훨씬 더 잘하고."

"내가 말보다 낫다고 하니까 무척 큰 위로가 되는구나, 지우야."

"칭찬이야, 정말."

"응, 알지. 동물과 비교해주면 무조건 이지우한테는 칭찬 받은 거지. 유해한 인간에게 과분한 칭찬이야. 앞으로 나를 한스라고 불러줘. 영리한 인수 한스."

정인수가 이지우를 붙들고 장난을 치고 있을 때 문이 열리고, 오은주가 들어왔다. 오은주 뒤를 이어 차가운 바람이 따라 들어왔다.

"오래 기다렸지? 자, 우리 습격 회의 한번 해볼까?"

오은주가 웃으면서 말했다.

"자꾸 웃는 걸 보니 제대로 된 계획을 가져왔나 보네."

정인수가 눈을 껌뻑거리면서 물었다.

"들어보면 알 거야. 다들 모여봐."

오은주는 구석에 있던 커다란 칠판을 가운데로 가져왔다. 칠판을 펼치기 위해 작전을 준비해온 사람처럼 손끝에 흥분이 묻어 있었다.

"상우는 아직 안 왔어."

민시아가 주위를 둘러보면서 말했다.

"한모음, 거기서 들을 거야?"

오은주가 헤드폰을 쓰고 바닥에 누워 있는 한모음을 향해 말했다. 한모음은 고개를 끄덕이기 위해서 머리를 들어야 했다. 고개를 두 번 끄덕이고는 다시 바닥에 누웠다.

"내가 며칠 동안 얼마나 바빴는 줄 알아? 완벽한 작전을 위해서 사방을 뛰어다녔다고. 지금부터 간단한 브리핑을 할 테니까 질문 있는 사람은 이따가 한꺼번에 해주길 바랄게."

"질문."

정인수가 손을 들며 말했다.

"귀가 잘 안 들리니, 정인수?"

오은주가 한숨을 쉬었다.

"아직 시작 전이니까 질문해도 되는 거 아니야?"

"알았어. 빨리 해."

"결론부터 말해주면 좋겠어. 우리 이 습격 하는 거야, 안 하는 거야? 성공 확률이 얼마나 되는 거야? 한다면 언제 하는 거야?"

"지금부터 내가 하려는 말에 그 내용이 있을 거 같아, 없을 거 같아?"

"있을 거 같아."

"그럼 기다려야 하는 거 아닐까?"

"궁금해서."

"궁금하니까 기다려야 하는 거 아닐까?"

"기다리기 힘들 만큼 궁금했어."

"좋아, 너에게 맞는 스타일로 해줄게. 하나씩 질문해봐, 바로 답해줄 테니까. 다른 사람들도 괜찮지?"

오은주가 주변을 둘러보았지만 별다른 반응이 없었다.

"우리 습격해?"

"해. 당연히 해. 전부 하기로 했잖아."

"성공 확률은?"

"전에는 0퍼센트였는데, 오늘 내 계획대로 하면 80퍼센트."

"정말?"

"응."

"0퍼센트였는데 하기로 했던 거야?"

"구체적인 계획이 전혀 없었으니까 0퍼센트였던 거지."

"지금은 어째서 80퍼센트가 된 거야?"

"내가 멋진 계획을 짜왔으니까."

"스무 자로 요약해서 계획 말해봐."

"스무 자?"

"서른 자까지는 봐줄게."

"자율 주행 트럭을 삼면에서 포위한다. 동물들을 탈출시킨다."

"우와, 스물네 자. 삼면에서 포위?"

"정인수, 지금부터는 내가 계속 말할 거야. 끼어들지 마, 알았지?"

"응, 알았어. 영리한 인수 한스니까 말귀를 잘 알아 들어."

"무슨 소리야, 그건?"

"그런 게 있어."

"좋아. 자율 주행 트럭을 털기 위해서 세 가지 방법을 생각해봤어. 첫 번째, 인수 삼촌의 도움을 받아 해킹을 한다. 이건 간단한 방법이지만 큰 문제가 있어. 현재 자율 주행 시스템을 해킹할 수 있는 사람은 전국에서 50명 정도야. 사건이 터지면 그 50명이 곧바로 용의자가 되는 건데, 우리가 아무리 좋은 일을 위해서 시작했다고 해도 관계 없는 사람을 위험에 빠뜨리는 건 문제가 있다고 생각해."

정인수가 뭔가 말하려고 몸을 움찔거렸지만 오은주는 틈을 주지 않고 곧장 다음 이야기로 건너갔다.

"둘째, 고전적인 수법이야. 트럭을 통째로 강탈하는 거지. 거대한 트럭을 구한 다음에 자율 주행 트럭을 통째로 거기에 싣는 거야. 그걸 그대로 몰고 다른 곳으로 사라지면 끝. 그런데 여기에도 커다란 문제가 있어. 우리 중에 트럭을 몰 수 있는 사람이 없고, 자율 주행 트럭을 거기에다 싣는 것도 쉽지는 않을 거야."

"나 트럭 몰 줄 알아."

정인수가 참지 못하고 끼어들었다.

"면허 있어?"

"면허는 없지."

"그럼 몰 줄 모르는 거야, 알았지?"

"그러면 결국 세 번째 방법이 정답인 거네."

"정답은 없어. 여러 개의 방법을 조립해야 하는 거지. 세 번째 방법은 자율 주행 트럭의 약점을 이용하는 거야. 자율 주행 트럭의 치명적인 약점은 사람을 해치지 못한다는 거야. 이게 무슨 소리인가 하면 만약우리가 자율 주행 트럭 앞에 서 있으면 우릴 쉽게 지나치지 못한다는 거지."

"그럼 돌아가겠지."

"돌아가는 길도 막아야지."

"그럼 뒤로 가겠지."

"뒤도 막아야지."

"우와, 그럼 한 3백 명이 필요하겠는데?"

"아냐, 여길 잘 봐."

오은주가 가방에서 사진 두 장을 꺼내서 칠판에 붙였다. 골목을 찍은 사진이었다.

"현재 우리 시의 동물원은 모두 세 개야. 내가 구한 첩보에 의하면 자율 주행 트럭은 여기서 이렇게 이동하고, 마지막으로 이 동물원에 들른 다음 이곳에서 도태 작업을 진행할 거야."

"우와, 그걸 어떻게 알았어?"

"첩보라고 했잖아. 여기서 가장 중요한 핵심이 있어. 그럼 우린 어디에서 습격을 할 것인가. 어디가 가장 쉽고 안전한 습격 장소일까. 내가 오랫동안 고민해봤는데, 바로 이 지점이야."

오은주가 칠판에 간단한 지도를 그리더니 그중 한 곳에다 빨간색 점을 찍어 넣었다.

"거기가 말하자면 죽음의 협곡 같은 거네?"

"협곡?"

"영화 보면 인디언들이 습격을 할 때 계곡을 이용하잖아. 와바바바바바, 하면서 말 타고 계곡 사방에서 아래로 달려 내려오잖아. 우리도 그렇게 하는 거야?"

"뭐 비슷할 수도 있겠네. 그렇지만 우리는 삼면이 아

니라 사면이야. 이름 붙이자면 협곡과 트로이의 목마 작전이라고 해야겠네."

"트로이의 목마?"

큰 소리로 대꾸를 한 것은 조용히 이야기를 듣고 있던 민시아였다.

"이 골목은 다른 곳보다 훨씬 좁아. 여기 있는 동물원이 오래돼서 보수공사를 하고 있는데, 트럭이 여길 지나갈 수밖에 없거든. 퇴로도 좁고, 우회로도 없으니까 우리가 여기와 여길 막은 다음에 퇴로를 이렇게 막으면 간단하게 트럭을 세울 수 있어."

"그래봤자 삼면이잖아, 트로이의 목마는 어디에 있는 건데?"

"누군가가 트럭 안으로 들어가야 하는 거지."

"누가?"

"우리 중 한 명이."

"그게 가능해?"

"가능해."

"문은 어떻게 열어?"

"도와줄 사람이 있어. 공상우가 지금 그걸 알아보러

갔는데 좀 전에 연락이 왔어. 적당한 사람을 찾아냈다고. 지금부터 계획을 자세하게 얘기할 테니 잘 들어봐."

초인간클랜은 오은주의 말을 한마디도 빼먹지 않으려고 열심히 들었다. 시간이 흐를수록 습격을 왜 해야 하는지에 대한 이유보다 반드시 성공시키고 싶다는 의욕이 커졌다. 일종의 공동 과제 같은 것이었다. 한 모음은 누워 있다가 일어나 앉았고, 이따금 질문도 했다. 유진은 창밖을 보는 척하면서도 귀를 계속 열어두었다. 정인수는 오은주의 말에 여러 번 토를 달면서도 점점 이야기 속으로 빠져 들어갔다. 이지우는 가장 열심히 오은주의 설명을 들었다. 그중에서도 가장 흥분한 사람은 민시아였다. 도서관에서 책장을 뜯을 때와는 비교하기 힘들 정도로 온몸에 전기가 돌았다. 충동적으로 내뱉은 자신의 의견에 이렇게 열심히 모든 친구들이 힘을 모은다는 사실이 기뻤고, 누군가를 돕기 위해서 모험을 한다는 사실이 감동적이었다. 그게 인간이 아니라 동물이더라도 죽음을 앞둔 생명체를 구하는 일이었다. 민시아는 주위의 친구를 둘러보다가 한모음과 눈이 마주쳤다. 민시아는 한모음을 향해 커다란 웃음을 보냈다. 한모음은 잠깐 눈치를 보다가 비슷한 크기의 웃음을 돌려주었다. 민시아는 한모음이 그렇게 환하게 웃는 모습을 처음 보았다.

공상우는 WCT 훈련을 하기 위해 농구장에 장애물을 설치했다. 오랜만의 훈련이어서 몸이 마음먹은 대로 움직이지 않았다. 뛰어오르고, 장애물 사이로 미끄러져 갔다가, 다시 몸을 비틀며 빠져나왔다. 여러 번 넘어졌고 부딪혔다. 그래도 몸을 쓰는 일이 좋았다. 힘이 들면 휴대전화로 음악을 크게 튼 다음 춤을 추었다. 훈련할 때 쓰는 근육과 춤을 추는 데 필요한 근육은 달랐다. 도망치거나 쫓아가기 위해서는 힘과 순발력과 유연성이 필요했지만 춤을 출 때는 유연함과 에너지가 가장 중요했다. 온몸이 땀으로 미끈거릴 때 백건이 문을 열고 들어왔다.

"야, 공상우, 진작 이렇게 열심히 했으면 지금쯤 세계 투어 돌고 있겠다."

백건이 과장된 목소리로 소리를 지르자 농구장의 넓은 공간이 소리를 증폭시켰다.

"전에도 열심히 했는데 코치를 제대로 못 받아서 이렇게 된 거죠."

땀을 닦으며 공상우가 말했다.

"야아아아, 잘되면 선수 덕, 망하면 감독 탓이라더니, 정말 잔인한 세상의 비정한 공상우구나."

"그건 좀 알아보셨어요?"

"알아봤지."

"뭐 좀 알아냈어요?"

"알아냈지만 갑자기 알려주기 싫어지네."

"왜요?"

"알려줬다가 내 탓 될까 봐."

"10초 만에 태그 하면 알려주기. 어때요?"

"못 하면?"

"야식 쏠게요."

"네가 돈이 어디 있다고? 요새 아르바이트도 안 하잖아."

"아르바이트 해요. 저축해놓은 돈도 있고."

"얼마나?"

"야식 쏠 돈은 충분해요."

"10초?"

"딱 10초."

"야, 그래도 내가 WCT 취미 동호회 출신이야. 10초라니, 너무 무시하는 거 아니냐?"

"일단 해보자니까요."

"좋아, 덤벼."

백건은 몸을 풀었다. 컴퓨터 게임에 쓰는 근육과 WCT에 쓰는 근육은 전혀 다른 부위였다. 스트레칭을 하는데 몸에서 여러 종류의 소리가 났다. 삐걱대거나 뚜둑거리는, 기계에서 나는 소리였다. 백건은 소리를 지르고 농구장 골대를 향해 점프를 해보고, 이리저리 뛰어다녔다. 5분쯤 몸을 풀더니 웃옷을 벗었다.

"내가 얼마나 날다람쥐 같은 존재인지 제대로 보여줄게. 좋아, 덤벼봐."

5초 만에 공상우는 백건을 태그 했다. 공상우는 순식간에 백건에게 달려가서 왼쪽으로 몸을 날리는 것처럼 속임 동작을 한 다음 몸을 한 바퀴 돌리며 오른쪽으로 급선회했다. 백건이 어떤 선택을 하기도 전에 공상우가 게임을 끝냈다.

　"너 왜 이렇게 늘었어? 한참 연습 안 했잖아."

　"이제 WCT의 원리를 깨우친 거죠."

　"다음 대회 우승하겠는데?"

　"알아낸 거나 빨리 얘기해줘요."

　"너, 경찰공무원 시험 쳐보는 거 어떠냐? 이 정도 실력이면 추격반에 특채로 뽑힐 수도 있겠다. 내가 예전에 시험칠 때는 말이야……."

　"백건 코치 아저씨 선생님."

　"알았어. 알았어. 내가 인맥을 전부 가동해서 알아봤는데, 적당한 놈을 하나 찾아냈지. 재이라는 녀석인데 화이트 해커 출신이야."

　"화이트 해커요?"

　"시스템 테스트를 위해서 고용하는 해커를 화이트 해커라고 불러. 최고의 실력자로 안전도를 확인해보는 거지. 재이라는 녀석은 손꼽히는 화이트 해커였는데 인질 사건에 연루되는 바람에 지금 수배 중인 상태. 현재 위치도 알아냈고."

"인질 사건이면 심각한 거 아니에요?"

"심각하다면 심각한 건데, 요즘엔 단순 범죄야. 이 정도 인질 사건은 엄청나게 많아. 수법도 간단해. 첫째, 자율 주행 자동차를 해킹 한다. 둘째, 자동차를 인적이 없는 곳으로 몰고 간다. 셋째, 자동차를 잠그고 소액을 요구한다. 랜섬 카에 걸리면 100퍼센트 돈을 지불하게 돼 있거든. 액수도 얼마 안 되니까 부담도 없고."

"얼마나 요구하는데요?"

"백부터 천까지 다양하지. 재이는 푼돈 벌려다가 덜미를 잡힌 경우야. 마지막에 발을 빼려고 했는데 친구한테 뒤통수를 맞은 거지. 얘기 들어보니까 애는 괜찮대."

"괜찮다는 근거는 뭔데요?"

"얘기 들어봐도 딱 괜찮을 것 같지 않냐? 최고의 해커인데, 고작 푼돈 벌자고 랜섬 카 작업이나 하고 있으면 사람이 괜찮을 수밖에 없지 않겠냐?"

"아저씨도 괜찮은 사람이겠네요. 한때 최고의 경찰이었다고 스스로 얘기하시는 분이 밤 11시에 술래잡기나 하고 있으니까요."

"너무너무 괜찮은 사람인 거지. 여기 연락처하고 주소. 내가 잡아서 앉혀줘? 아니면 직접 가볼 거야?"

"직접 가야죠."

"뭣 때문에 그러는 건지 얘기 안 해줄 거야?"

"일이 잘 풀리면 그때 얘기해줄게요."

"무슨 일을 꾸미고 있는 건지는 모르겠지만, 경찰이랑 엮이지는 마. 알았어? 살면서 만나지 않는 게 좋은 부류가 있는데, 그중에 1등이 경찰이야. 무슨 일인지 나한테 얘기해주면 도와줄게."

"컴퓨터 고장 나서 그래요."

"얘가 이제 정말 농담이 늘었네. 컴퓨터 고장 났는데 쓸 만하고 인품 좋은 해커를 알아봐달래?"

"제 컴퓨터에 중요한 파일이 많거든요."

"알았어. 더 안 물어볼게. 내 얘기 명심해."

"네, 알겠어요. 경찰은 만나지 않는다. 전직 경찰은

만난다."

"많이 컸어, 공상우. 시아는 잘 지내?"

"네, 잘 지내요."

"잘 만나고 있지?"

"잘 만나고 있죠."

"시아 얘기만 하면 표정이 달라진단 말야. 사랑에 빠진 그 표정, 부럽다."

"제 표정이 뭐가요."

"그런 게 있어, 인마. 이름만 발음하는데도 입꼬리가 슬쩍슬쩍 올라가는 거. 머릿속에 초콜릿 시럽을 부은 것처럼 표정이 달콤하게 허물어 내려앉는 거."

공상우는 쑥스러워서 괜히 달리기를 시작했다. 농구 골대를 향해서 있는 힘껏 점프를 했다. 골대를 잡고 한 바퀴 돈 다음 부드럽게 착지했다. 공상우는 덩크슛을 해보고 싶었지만 농구공이 없었다. 다시 한번 뛰어올라서 덩크슛을 흉내 내보았다.

"농구해도 잘했겠다."

백건이 땀을 닦으면서 말했다.

"저는 괜찮은 사람이에요?"

공상우가 농구 골대에 매달린 채 물었다.

"밤 11시에 전직 경찰이랑 놀아주는 거 보면 괜찮은 놈이지."

"코치님을 믿어도 될까요?"

"갑자기 무슨 소리야. 이 세상에서 나를 안 믿으면 누굴 믿어."

"그럼 하나만 더 부탁해도 될까요?"

"들어보고."

"괜찮은 사람이 믿을 만한 사람에게 부탁하는데, 내용을 들어보고 판단한다고요?"

"당연히 들어봐야지. 괜찮은 사람의 괜찮지 않은 부탁을 들어주다가 믿을 만한 사람이 믿을 만하지 않게 되는 경우를 많이 봤거든."

"좋아요. 그럼 듣고 판단해주세요. 저한테는 무척 중요한 일이니까요."

"말해봐."

D - 23

"모두 꼼짝 마. 침착해. 우린 여길 털러 온 분들이다. 전부 다 벽으로 가서 엎드려. 지금부터 손가락 하나라도 까딱하는 놈 있으면 한 놈도 남김없이 전부 죽여버리겠어. 하루라도 빨리 세상을 뜨고 싶은 놈이 있으면 지금 당장 말해. 그 녀석부터 1순위로 보내줄 테니까. 그리고……"

"좀 길지 않아?"

민시아가 정인수의 말을 가로막으며 말했다.

"그래? 많이 길어?"

"위협을 줘야 하는데, 강렬한 맛이 부족하고 좀 횡

설수설하는 느낌이랄까."

"해본 적이 있어야지."

"해봐야 아나, 그냥 아는 거지. 게다가 논리적으로 걸리는 부분도 있어."

"어떤?"

"누군가가 손가락 하나를 까딱했는데, 거기 있는 사람을 전부 다 죽인다는 건 이해하기 힘들잖아."

"영화에서 본 걸 그대로 했단 말야."

"어떤 영화?"

"여기저기에서 조립했지."

"우린 은행 강도가 아니야. 죽여버리겠다느니, 엎드리라느니, 그럴 필요가 없어. 게다가 우린 총도 없다니까……. 이걸 꼭 연습해야겠어?"

"만약의 사태에 대비하는 거야. 위급한 순간이 닥치면 한 사람쯤은 이렇게 강하게 나가줘야지. 미리 준비해서 나쁠 건 없잖아."

정인수는 종이를 둥그렇게 말아서 만든 가짜 권총을 들고 있었다. 민시아는 두 손으로 턱을 괴고 한심하다는 듯 정인수를 바라보았다. 열심히 노력하고 있지만 누가 봐도 위협적이지 않았고, 오히려 안쓰러워 보였다.

"넌 살면서 누굴 죽여보고 싶었던 적 있어?"

민시아가 여전히 턱을 괸 채 물었다.

"많지."

정인수가 종이 권총을 던져버리고는 의자에 털썩 주저앉았다. 오은주의 원룸은 5층이었는데, 근처 공원에서 남녀가 고함을 지르면서 싸우는 소리가 모두 들렸다.

"많기까지?"

"내가 아무도 죽일 수 없다는 걸 아니까 죽이고 싶었던 사람이 더 많지. 죽일 수 없으니까 죽이고 싶은 마음을 먹는 건 괜찮잖아."

"그런 마음을 먹으면 피곤하지 않나? 가상으로 누굴 죽이려고 해도 감정을 소비해야 하잖아."

"누굴 죽이고 싶다고 생각하면 마음이 차분해져."

"난 영화 볼 때마다 그런 게 진짜 궁금했어. 은행을 털기로 마음먹는 사람은, 위급한 상황에서 누굴 죽이게 될지도 모른다는 생각을 할까?"

"못 하겠지. 성공할 거라고 굳게 믿고 있으니까."

"누굴 죽이게 될지도 모른다는 생각을 하는 사람은 은행을 털진 않겠지?"

"갑자기 습격 작전에 회의가 든 거야?"

"글쎄……. 회의는 아니고, 뭐랄까, 누굴 다치게 하고 싶지는 않다는 생각이 들어. 네가 은행 강도 흉내를 내니까 정말 그런 일이 생기면 어떻게 하나, 걱정이 되네."

"그럴 일 없을 거야. 사람을 만나지 않는데 뭐가 걱정이야."

"자신이 언제나 성공할 거라고 생각하는 사람과 자신이 실패할지도 모른다는 생각을 하는 사람이 얼마나 큰 차이가 있는지 알겠다."

"우리도 한 번쯤은 그런 환상을 가져봐야지. 우린 성공할 거야. 그래서 사람들을 깜짝 놀라게 할 거라고."

"깜짝 놀라게 하기 싫어."

"야, 민시아. 제일 먼저 얘기를 꺼낸 건 너라고. 모두 동의하긴 했지만."

"어렸을 때 동물원에 간 적 있어?"

"있지. 사자 보는 거 좋아했어."

"아마 일곱 살 때였을 거야. 나는 왼손으로 엄마를 잡고, 오른손으로 아빠를 잡고 동물원을 누비고 다녔어. 어찌나 신났는지 엄마 아빠가 풍선이 되어서 우리 셋이 하늘로 올라갈 것 같다는 생각까지 했어. 지금도 기억나. 날아갈 것 같다는 기분, 사람들이 자주 쓰는 표현이지만, 그땐 정말 그랬어. 그러다가 물범이 있는 곳에 갔는데, 투명한 수조에 갇힌 어린 물범을 봤어. 끅끅, 끅끅, 끄이윽, 끼으으윽, 소리를 내는데 그게 우는 소리같이 들렸어. 지금 생각해보면 정말 울음소리였을 거야. 물범을 따라서 내가 울기 시작했고, 즐겁던 분위기는 그걸로 끝났지. 내가 울음을 멈추지 않고, 동물 하나하나 볼 때마다 계속 울었거든. 그 안에 갇혀 있는 애들이 전부 다 나라고 생각됐어."

"조숙했네, 민시아."

"연민이나 동정 같은 게 아니었어. 그냥 우리 속에 있는 동물들을 몸으로 느낀 거지. 그 뒤로는 동물원에 한 번도 안 갔어. 갇혀 있는 애들을 볼 엄두가 나지 않았어.”

“그러고 보니 나도 동물원에서 좋은 기억만 있었던 건 아니네. 동물원에서 코끼리를 처음 봤어.”

“대부분 그렇지.”

“맞다, 그렇겠구나. 코끼리를 처음 봤는데 내 옆에 있던 아저씨가 뭔가 먹을 걸 던졌는데, 갑자기 코끼리가 나한테 달려들었어. 쿵쿵쿵 다가와서는 기다란 코를 쓰윽 내밀면서 소리를 지르는데, 지금도 그 장면이 생각나. 너무너무 무서웠어. 코끼리가 얼마나 크고 빠른지 상상도 못 할 거야. 왜 그런 노래 있었잖아. 코끼리 아저씨는 코가 손이래, 과자를 주면은…….”

“코로 받지요. 지금 생각하면 정말 비교육적인 노래야.”

“그러니까 내 말이…….”

“코끼리 아저씨는 일단, 아저씨가 아니지.”

“아저씨가 아니지. 아줌마도 아니고. 생판 모르는 사이지.”

“생판 모르는 사이에 뭘 주면 안 되지.”

“뭘 믿고 그러나 몰라.”

"코는 손이 아니고, 과자는 주면 안 되는 거고."

"과자 주는 노래를 버젓이 만들다니, 충격적이야."

"아프리카에서는 상상도 못 할 일이지. 거기서 과자를 줬다가는 코가 날아갈지도 몰라. 코끼리가 앞발로 툭 날려버릴지도 모르지. 불러야 한다면, 노래를 바꿔 불러야 해. 둠 메탈 스타일로 편곡해서, 코끼리 덩치님은 코가 무서워, 과자를 주면 코로 다 죽여버리죠. 인간들이란, 자기밖에 생각 못 한다니까."

"노래 무섭다."

"난 동물원이란 데가 왜 있어야 하는지도 모르겠는데, 거기서 심지어 살육이 이뤄지고 있다니."

"그래도 동물원이 있었으니까 우리가 코끼리도 봤지."

"그렇게 봐서 뭐해. 서로서로 보지 않는 사이가 좋을 수도 있지. 텔레비전 됐다 뭐해, 그렇게 만나면 되는 거지. 둘이서 제대로 만나려면 코끼리도 우릴 볼 준비가 되어 있어야지. 우리 좋자고 그 먼 데서 코끼리를 데려와서는 겨우 한다는 소리가 '과자를 주면은 코로 받지요' 이러고 있냐고."

"야, 민시아. 너 동물원 이야기 나오니까 또 흥분한
다."

정인수는 일어나서 창문으로 갔다. 공원에서 싸우
던 남녀는 아직까지 소리를 지르고 있었다. 소리의 크
기는 줄어들어서 내용은 들리지 않았다. 창문을 열었
더니 소리가 가까워졌다. 정인수는 심호흡을 하면서
차가운 공기를 들이켰다.

"서로가 얼마나 미우면 날씨가 이렇게 추운데 밖에
서 싸울까?"

정인수가 아래를 내려다보면서 말했다. 어두워서 밖
이 보이지 않았고, 창문의 구조 때문에 밑은 보이지도
않았다.

"갇혀 있는 게 싫어서 그런 거겠지."

민시아가 한숨을 쉬면서 말했다. 마치 자신의 이야
기라는 듯, 갇힌 사람처럼 말했다.

"참, 너 아르바이트 안 가?"

"이제 가야 돼, 편의점."

"그래도 이렇게 아지트가 있고, 친구가 있으니까 좋
지 않아?"

"응, 좋아. 너도 좋고, 지우도 좋고, 모음도 좋고, 유진도 좋고, 오은주도 좋고."

"상우가 제일 좋고?"

"그렇지."

"상우한테 내 얘기 안 했지?"

"어떤 얘기?"

"11월 11일에 대한 이야기."

"응, 안 했지. 비밀은 비밀."

"우리 비밀 하나씩 꺼내놓기 할까?"

"하나 꺼내놓아봐. 얼마나 큰 건지 들어보고 판단할게."

"엄청 큰 비밀이야."

"들어보고 판단한다니까. 큰 걸 내놓으시면, 저도 큼지막한 비밀 알려드릴게요."

"비밀 많아?"

"누구나 비밀은 있지. 출생의 비밀도 있고, 성장의 비밀도 있고, 죽음의 비밀도 있고, 인생의 비밀……."

"민시아 너 좋아해."

"응?"

"좋아한다고, 너."

"아⋯⋯, 그게 비밀이구나."

"큼지막하지?"

정인수는 창문을 닫았다. 모든 소리가 일제히 줄어들었다. 정인수는 민시아의 얼굴을 똑바로 쳐다보았다. 민시아 역시 눈빛을 피하지 않았다.

"나도 너 좋아해. 근데 큼지막한 비밀은 아냐. 좋아하는 건 비밀이 될 수 없어. 그런 건 감출 수 있는 게 아니니까, 어떤 식으로든 드러날 수밖에 없으니까 비밀이 될 수 없어. 이야기는 비밀이 될 수 있지만 감정은 비밀이 될 수 없어. 말해줘서 고마워. 네 감정을 알았으니까, 앞으로는 그 감정에 상처를 주지 않도록 할게. 자연스럽게 시간을 흘려보내자. 지금 나는 상우가 너무 좋고, 함께 있는 순간이 적어서 아쉬워. 그렇지만 친구들이랑 다 같이 있는 시간도 좋고, 그냥 자연스러운 상태로 지금의 나를 흘려보내고 싶어. 나 지금 말 너무 많이 하고 있지?"

"흐흐, 아냐. 딱 민시아 너 같아. 그래서 너를 좋아하는 거고."

"고마워. 나도 비밀 이야기 해야 하나?"

"하고 싶은 게 있으면."

"실은……, 나 너무 무서워. 괜히 내가 말을 꺼내서 친구들을 위험에 몰아넣은 게 아닌가 싶고, 괜히 나 때문에 좋지 않은 일이 생길까 봐 무서워."

"감정은 비밀이 될 수 없다 그랬잖아. 우리 다 무서워하고 있어. 그런데 한편으로는 재미있을 것 같지 않아?"

"왔다 갔다 해. 동물들을 구할 생각 하면 짜릿하고."

"그럼 그것만 생각해. 음……, 그냥, 이렇게 생각해 봐. 우린 다 같이 산길을 걸어가고 있어. 오은주, 이지우, 한모음, 유진, 너, 나, 상우 이렇게 산길을 걸어가고 있는데, 농장이 하나 나타난 거야."

"어떤 농장?"

"흔히 볼 수 있는 작은 농장. 농장 주인이 나오더니 우리를 반갑게 맞아줬어."

"지나가는 사람을? 친절한 분이네."

"그렇지, 친절한 사람이야. 우리한테 저녁을 주고,

잠자리도 주겠대. 아무런 대가도 필요 없이."

　"뭔가 께름칙한데?"

　"시아야, 세상에는 친절한 사람도 많아."

　"응, 많겠지. 현실에서 만나기는 힘들지만."

　"농장 주인이 우리를 잠시 남겨두고 동물들이 있는 우리로 갔어. 그곳에는 말, 염소, 산양, 개, 닭, 오리, 칠면조, 얼룩말 같은 동물이 모여 있었어."

　"부자네."

　"그래 부자야. 잘사는 집이니까 종류별로 동물을 수집해놓은 거지."

　"그러면 작은 농장이 아닌데?"

　"그래, 다시. 처음부터 다시……, 산길을 가는데 큰 농장을 발견했고, 친절한 주인이 저녁을 준다고 우릴 초대했고, 주인은 우릴 두고 커다란 동물 우리로 갔어. 됐지?"

　"응, 이해했어. 눈앞에 그려져."

　"그런데 내가 주인 뒤를 몰래 밟았어."

　"왜?"

　"뭔가 께름칙해서."

"친절한 사람이라며."

"뭔가 수상한 기운이 있었던 거지."

"그래, 그럴 줄 알았어."

"내가 몰래 따라갔더니, 이 인간이 글쎄, 동물을 학대하는 인간이었던 거야. 잔인한 방법으로 동물을 죽이거나 고문하고, 심지어 저녁 식사를 위해서 오리를 잔인하게 죽였어."

"끔찍하다."

"응, 그 끔찍한 장면을 내가 목격한 거야."

"웩, 힘들었겠다."

"응, 힘들었지. 그래서 나는 저녁을 제대로 먹지도 못했어. 다들 오리고기가 맛있다고 난리가 났는데, 나는 입에도 못 대는 거야."

"나 얼마 전부터 채식하는 거 알잖아."

"그래, 너하고 나만 못 먹어."

"상우도 오리는 안 먹어. 지우도 채식하잖아."

"그래, 너하고 나하고 상우하고 지우만 안 먹어."

"반이나 안 먹었네. 음식이 많이 남았겠다."

"아무튼 그래서 끔찍한 저녁 식사가 끝나고 우린 잠

자리에 들었어. 내가 너희들한테 목격한 장면을 이야기해주고, 우린 계획을 세워."

"어떤 계획?"

"누굴 해칠 것도 없이, 몰래, 아주 몰래, 농장 주인 몰래, 빗장만 올리고, 여길 떠나자고."

"그래, 그럴 수 있겠다. 우린 알고 있으니까, 농장 주인이 나쁜 놈인 걸 알고 있으니까."

"그렇지. 하지만 우린 농장 주인을 해코지하진 않아. 왜냐하면 그러다간 문제가 복잡해지니까. 그냥 빗장만 열고 가는 거야."

"무슨 이야기인지 알겠어. 또 괴로워지면 네가 했던 이야기를 생각할게. 우린 빗장만 여는 것이다."

"응, 그럼 쉬울 거야."

"정인수, 너 이야기 잘한다."

"좀 그렇지?"

"마음에 드는 밤이다. 나 이제 일하러 갈게."

"친절한 손님만 만나길 기원할게."

"응, 고마워. 현실에서 그러긴 힘들겠지만."

D - 22

공상우는 휴대전화의 지도 앱을 보면서 같은 장소를 계속 맴돌고 있었다. 맞는 주소인데 집은 보이지 않았다. 나침반 기능을 켜고 위아래를 계속 살펴보았지만 사람이 살 만한 집은 없었다. 몇십 분째 헤매다가 낙서로 가득한 양철 벽 사이에서 작은 문을 발견했다. 보호색으로 자신을 숨기는 동물처럼 문은 세상으로부터 숨어 있었다. 공상우는 예의 바르게 노크를 했지만 아무런 답도 들을 수 없었다. 문을 열었더니 지하로 내려가는 계단이 있었다. 휴대전화의 플래시 기능을 켜고 어두운 계단을 내려갔다. 거대한 동물의 창자 속

같았다. 그렇게 생각하니 냄새도 더욱 퀴퀴해졌다. 상했거나 이미 썩었거나, 적어도 방치된 물건들의 냄새. 혹은 뭔가를 가리기 위해 위장한 냄새. 몇 계단인지 세지 않았지만 서른 개는 분명 넘었다. 서른 개라면 대체 몇 층 아래로 내려간 것일까, 공상우는 지하 10층에 있는 자신을 상상해보았다. 불빛이 새어 나오는 문을 발견하고 공상우는 안도의 한숨을 쉬었다.

문을 열자 그곳은 또 다른 동물의 내장 같았다. 복도 양쪽으로 작은 문이 줄지어 달려 있었고, 각각의 문에서 불빛이 새어 나왔다.

"계세요?"

공상우가 자신감 없는 목소리로 말했다. 말하고 나서도 스스로가 한심했다. 계시냐니⋯⋯, 계시지 않으면 돌아갈 거야? 공상우는 작은 목소리로 중얼거렸다.

"아무도 안 계세요?"

그런 말 말고는 할 게 없었다.

"누구야?"

모습은 보이지 않고 목소리만 들렸다.

"저는 공상우라고 하는데요."

"누구?"

보이지 않는 사람과 대화할 때 가장 큰 문제는 어떤 방향을 보며 소리를 질러야 할지 알 수 없다는 것이다.

"백건 씨 소개로 온 공상우라고 합니다."

"누구라고?"

가장 안쪽 문에서 한 사람이 튀어나왔다. 공상우는 그림자를 보고 한발 뒤로 물러섰다. 거대한 그림자가 공간을 압도했다. 그림자가 가까이 다가왔다. 조금씩 그림자가 작아졌다.

"백건 씨 알죠? 그분이 주소를 알려줬어요."

"나는 그 인간 모르는데? 아는 바 없는데? 모른 척할 건데? 이름이 뭐라고?"

"공상우."

"야, 너 키 크다. 얼마야?"

"180."

"어? 나도 180인데, 아이큐가. 하하하하, 키는 183이야. 아이큐보다 키가 커. 대체로 다 그렇지만, 나는 거의 근접했는데, 아쉽고 안타깝고 그렇지 뭐야."

"재이 씨 맞아요?"

"맞을걸, 아마도. 사실 이름이란 건 내가 지은 게 아니라서, 부모 나부랭이가 지어준 거라서 난 기억을 잘 못 해. 부모가 잘 기억하겠지. 기억하고 싶어 하지 않는 눈치지만."

"도움을 받으려고 왔어요."

"들어와. 얘긴 들었어. 그리고 말 편하게 해. 인간들은 존대할 인격은 개무시하고 호칭만 존대하는 경향이 있거든. 인간들은 약아빠져서, 머리가 게을러빠져서, 둘 다는 못 해. 나를 개무시할 거면 계속 존댓말을 써도 되지만, 아마도 그러면 내가 도와주질 못할 거 같은 강렬한 예감이 드는데, 이를 어쩌지?"

"그래. 좋아."

공상우는 재이를 따라 들어갔다. 복도 끝에 있는 방은, 생각보다 컸다. 방 두세 개를 하나로 합친 것 같았다. 방 안에는 컴퓨터 모니터가 다섯 개 있었고, 냉장고와 싱크대도 있었고, 싸구려 야전침대도 있었다.

"뭘 도와줘?"

빙글빙글 돌아가는 의자에 앉자마자 재이가 물었다.

"네가 뛰어난 해커란 얘길 듣고 왔어."

공상우가 말을 끝내자마자 재이가 웃기 시작했다. "하하하크큭키키키푹하하흐읔큭" 하는 웃음소리를 내면서 계속 웃었다. 웃음이 더 이상 나지 않는데 이게 얼마나 웃긴 일인지를 공상우에게 알리기 위해 일부러 시간을 끄는 것 같았다. 한참을 웃고 난 재이가 더 이상 웃을 힘도 없다는 듯 탈진한 표정으로 공상우를 보았다.

"대체 어디서 그런 이야기를 들었을까. 나는 모르겠지만, 그런 건 다 말도 안 되는 뻥이고 부풀림이고 곧 터질 풍선 같은 거지. 내가 뛰어날 리가 없잖아. 지금 딱 보면 모르겠어?"

"딱 보니까 뛰어난 해커 같아."

공상우가 대답했다.

"너, 바보라거나 정신 나갔다거나 이상한 놈이란 소리 자주 듣지?"

"자주 듣긴 하는데, 실제로 그렇지는 않아."

"이상한 녀석이네. 일단 얘기는 들어볼게."

"우린 자율 주행 트럭을 습격할 계획이야."

공상우가 선언문을 낭독하듯 말했다. 그걸로 모든

설명이 끝났다는 듯 더 이상의 말을 하지 않았다. 두 사람 사이에서 동그랗게 말린 작은 침묵의 공이 랠리를 하고 있었다.

"그래서?"

한참 후에야 재이가 말을 꺼냈다.

"우린 범죄 집단이 아니야. 돈이 필요한 것도 아니고, 누굴 해치려는 것도 아니야. 사기를 칠 생각도 없고, 한 사람을 곤경에 빠뜨리려는 것도 아니고, 세상에서 유명해지고 싶은 것도 아니야."

"아니고, 아니고, 아니고, 다 아니고. 뭐가 맞는지는 얘기 안 하네?"

"아닌 것부터 먼저 얘길 해야 할 것 같아서⋯⋯, 그러지 않으면 우리를 오해할 테니까."

"오해라는 것은 인간의 기본적인 이해와 상식과 편견에서 시작되는 건데, 아직까지 나한테는 아무런 정보가 없는데, 오해하고 말고 할 것도 없지 않을까?"

"앞으로 20일쯤 후에 동물원연합이 자율 주행 트럭을 운행해. 그 안에는 대략 다섯 마리의 동물이 실릴 거야. 우리의 예상대로라면 고라니 두 마리, 영양 한 마리, 긴코원숭이 한 마리, 오소리 한 마리. 그 동물들은 자율 주행 트럭에 실려서 시 외곽에 있는 도축장으로 이동된 다음, 기계에 의해서 도태될 거야."

"도태?"

"죽인다는 거야."

"왜 죽여?"

"과잉 개체니까. 동물원에서 남아도는 동물이고, 다른 동물원으로 트레이드 할 만큼 인기가 많지도 않고, 나이가 많거나 자생력이 없어서 야생에 풀어주기도 힘들고, 먹이만 축내니까 죽이는 거야."

"그래서 자율 주행 트럭을 습격해서 그 동물들을 풀어주겠다고? 어디로?"

"그것까지는 네가 알 필요가 없어. 우리에게 필요한 건 트럭 습격을 도와줄 사람이야."

재이는 말을 잇지 못했다. 동물의 도태에 대한 내용에 충격을 받아서인지, 황당한 제안 때문인지 알 수 없었다. 재이는 공상우의 얼굴을 가만히 지켜보았다.

"내가 그걸 왜 도와줘야 하는데?"

"왜는 없어. 도와줘야 할 아무런 이유도 없지. 내 설명은 여기까지고 네가 '싫어'라고 하면 나는 조용히 여기 나갈 거야. 어둡고 좁고 냄새나는 계단을 올라가서 다시는 이곳에 올 이유를 만들지 못하겠지. 그래도 한 가지만 더 얘기하라면, 네가 2년 전에 자율 주행차 납치에 거의 성공했다가 마지막에 마음을 바꿨다는 얘기를 들었어."

"그건 내가 한 게 아니야."

"그래, 알아. 너는 그냥 기술만 제공했을 뿐이지. 그래서 혹시 이 사람이라면 자신의 실력을 좀 더 나은 곳에 쓰고 싶을지 모르겠다는 생각을 했지."

"이봐, 어린애 같은 친구. 세상에 착한 일이 어디 있고 더러운 일이 어디 있어, 다들 자기 신념대로 사는 거지. 사람들은 보통 해커를 두 종류로 나눠. 화이트는 착한 사람이고 블랙은 악당. 근데 그 사이에는 나 같은 그레이 해커들도 있어. 회색분자, 어중이떠중이, 알다가도 모를 놈, 배신이 예상되는 놈, 그냥 신념이 없는 걸 신념으로 살아가는 사람들. 우린 색깔 없는 색깔로 살아가는 놈들이야."

"그래도 그 사건으로 누군가에게 피해를 줬잖아."

"그건 이미 철창과 벌금으로 다 해결했어."

"글쎄, 그렇게 해결이 될까? 마이너스가 있었으면 플러스로 중화를 시켜야 한다는 게 내 생각이야."

"너 정신 나간 놈인 줄 알았는데, 집요하게 정신 나간 놈이구나."

"그런 얘긴 처음 들어. 그레이 해커들은, 내가 알기론, 해킹을 하고 돈을 받는 사람들 아닌가? 실력 과시보다 돈이 먼저고. 해킹 한 다음에 관리자들한테 돈 뜯어내는 게 목적이잖아. 자율 주행 트럭의 보안을 뚫으면, 너한테는 세 가지 이득이 생길 거야."

"오호, 세 가지씩이나?"

"첫째, 너는 유명해질 거야."

"지금도 유명한데?"

"더 유명해지겠지. 지금 자율 주행 시스템을 뚫을 수 있는 사람은 전국에 50명 정도야. 그중 정부에서 운영하는 시스템을 뚫은 사람은 몇 안 되고. 네가 성공하면 유명해질 수 있어. 돈이나 금품을 노리는 게 아니니까, 자신의 실력을 좋은 곳에 쓴 거니까, 멋진 레지스탕스 같은 일에 쓴 거니까. 로빈 후드 같은 스타가 될 수도 있어."

"사양하고 싶은데? 난 조용하게 이런 지하실에 틀어박히는 걸 즐기는 스타일이라서."

"둘째, 돈을 줄 수 있어. 큰돈은 아니지만."

"큰돈이어도 사양할게. 조용하게 틀어박혀 있으면 돈 쓸 일이 별로 없거든. 점점 세 번째가 궁금해지네."

"내 친구들을 소개해줄게."

"뭐라고?"

"다 멋진 아이들이야. 아마 너도 만나면 반할 거야."

"우와, 너 정말 미친 거 맞구나. 네 친구들이 누군데 내가 반할 거라고 확신해? 빌 게이츠나 스티브 잡스, 마크 저커버그 뭐 그런 사람들이야?"

"아니, 초인간클랜."

"초인간 뭐?"

"초인간클랜."

"우탱 클랜이나 뭐 그런 거야?"

"응, 그런 거지."

"뭐 하는 애들인데?"

"슈퍼 히어로들이야. 다들 초능력이 있어."

"너, 어벤져스였어? 크크크크크크크, 진짜 웃긴다. 너는 뭘 맡았는데? 넌 캡틴 아메리카야?"

"나는 낫싱을 맡았지. 아무것도 아닌 사람. 사실 우린 전부 아무것도 아닌 사람을 맡고 있어. 초능력자들인데 무능력자들이고, 무능력자인데 초능력이 있어. 세상에는 자신들이 정말 중요한 사람인 줄 아는 무존재들이 많지만, 우린 그렇지 않아서, 우린 우리가 아무것도 아니라는 걸 잘 알아. 그래서 특별해졌어. 서로가 특별하다고 생각하지 않으면서도 특별하게 생각해. 우린 어쩌면 조금씩 다 아픈 사람들이고, 아파서 서로를 이해해주는 사람들이고, 어딘가 모자란 사람들이야. 모자란 걸 아니까 채워주고 싶어서 함께 있어. 동물원에서 도태되는 그 아이들도 아마 그런 존재들일 거야. 특별한데 사람들은 그걸 모르니까 도태시키려는 걸 테고, 죽이는 걸 테고, 죽여서 세상의 균형을 맞춘다고 생각하겠지만, 우리는 그게 아니란 걸 잘 알고, 저울은 언제나 한쪽으로 기울어져 있어. 모른 채 지나가면 좋을 텐데, 우린 우리를 닮은 친구들이 동물원에서 죽어가는 걸 그냥 볼 수 없게 됐어. 할 수 있는 걸

하는 사람도 있겠고, 해야만 하는 일이라서 하는 사람도 있어. 불가능한데도 성공하는 사람도 있어. 할 수 없는 일인데도 그걸 다 알고, 그냥 실패를 선택하는 사람도 있어. 성공할지 말지 모른 채 그냥 해보는 사람도 있고, 꼭 성공해야겠다고 마음먹고서 시작하는 사람도 있을 텐데, 우린 같이 있으니까 성공이란 게 어떤 건지도 모르면서 해보는 거야. 실패해봤자 작은 실패니까, 커다랗고 화려하게 수익 만 퍼센트 보장해주는 성공 같은 건 처음부터 기대하지 않았으니까. 기념사진 찍는 것처럼, 다 웃으면서, 우리 전부가 함께 들어 있는 사진 한 장쯤 있으면 좋겠네, 그런 마음으로 하고 있어. 그래서 난 내 친구들이 멋지다고 생각해."

재이는 웃음을 멈추었다. 공상우가 혼잣말처럼 중얼거린 내용을 정확히 이해할 수 없었지만 말의 덩어리가 비단처럼 몸을 감싸는 걸 느낄 수 있었다. 언어의 에너지가 주문처럼 밀려들어서 정신이 혼곤해졌다. 공상우의 말에 대꾸를 하고 싶은데 입이 움직이지 않았다. 대신 등이 가려웠다. 재이는 몸을 비틀었다. 등껍질을 뚫고 작은 생명체가 부화하는 게 느껴졌다. 그건 생명체가 아니라 컴퓨터 화면의 커서 같기도 했다. 깜빡이던 커서가 자신의 등을 뚫고 나오는 장면이 눈앞에 그려졌다. 말도 안 되는 상상이라고, 이건 환상이라고, 눈앞에 펼쳐진 장면을 무시하려 했지만 사라지지 않았다. 재이는 공상우의 얼굴을 보았다. 공상우는 아무 일도 없었다는 듯 평온하게 재이를 보고 있었다.

"나한테, 무스으으으은, 짓을, 한, 한 거야?"

"무슨 짓? 아무것도 안 했어. 그냥 우리가 어떤 사람인지 얘기한 거지. 너한테 무슨 변화가 생겼다면, 나 때문이 아니라, 우리 때문이 아니라, 너 때문일 거야."

"모르겠어. 등이 자꾸 간지러워. 감염된 것 같아."

"감염 같은 게 아니야. 내 말이 잠자고 있던 네 능력을 깨우고 있는 모양이야."

공상우는 길쭉한 팔을 뻗어서 재이의 어깨를 손으로 감싸 쥐었다. 큼지막한 손이 재이의 몸에 닿자 마음이 차분해졌다. 재이는 공상우의 팔이 길어지는 듯한, 자신에게 다가오는 팔이 비현실적으로 길어지는 듯한 장면을 보고 자신이 환각 상태에 빠졌다고 느꼈

다. 살면서 한 번도 느껴보지 못한 감각을 동시다발적
으로 느끼고 있었다. 거부하기 힘든 에너지였다.

D - 1

다시 한번 밝히지만, 나는 초인간클랜의 공식 연대기 작가이다. 마지막으로 내일 있을 우리의 습격 계획을 여기에 기록해두어야 할 의무를 느낀다. 성공할 경우 이 기록은 우리의 화려한 역사로 남을 것이며, 실패할 경우에도 이 기록은 우리가 꾼 꿈의 흔적을 보여줄 것이다. 우리가 하려고 했던 일이 정확히 무엇이며, 어떤 걸 성공하지 못했는지 알려줄 것이다. 우리는 서로에게 자상했고, 꿈의 서랍을 공유했으며, 어떠한 일이 있더라도 개인을 침범하지 않았다. 기록되기보다는 기억될 만한 사람들이었으며 글자보다는 말에 어울리는 사람들이었다. 지식을 나누는 일을 끔찍하게 싫어했으며 의미 없는 말의 중독자들이었으니, 공식 연대기 작가인 나라도 무언가를 기록해야 할 의무를 느낀다.

　의외로 우리 중에서 죽음을 신봉하는 인물은 오은주다. 그는 언제나 죽음을 염두에 두고 사는 죽음의 가장 친한 친구이다. 죽음의 친구가 리더가 된다는 게 이상하다고 생각할 수 있겠지만, 오히려 그래서 더욱 훌륭한 리더라고 생각한다. 삶에 집착하는 사람이 어떻게 누군가를 이끌어줄 수 있겠는가. 오은주가 타고난 리더인 또 하나의 이유가 있다. 이지우는 그를 두고 코뿔소를 닮았다고 하지만, 내가 볼 때는 다시 태어난 방울뱀이다. 방울뱀은 온도 감지에 기막힌 재능을 갖고 있고, 오은주 역시 그렇다. 그는 미세한 온도의 변화를 감지해서 누군가가 가까이 다가오는 것을 알아차린다. 날씨의 변화를 미리 예측할 수 있으며, 열 감지 미사일보다 정확하게 누군가를 뒤쫓을 수 있다. 상황이 변화하는 것을 누구보다 빨리 알아차리니 리더가 될 수밖에 없다. 이번 습격 역시 오은주가 밀고 나갈 것이다.

A팀은 오은주와 유진, B팀은 공상우와 정인수, C팀은 민시아와 나. A팀은 트럭의 현재 위치를 계속 파악하면서 꽁무니를 쫓을 것이다. 정상 궤도로 가고 있는지, 변수가 생기지 않는지 확인할 것이다. 오은주가 있으니 걱정 없다. 1번 동물원에서 영양을 실을 것이고, 2번 동물원에서 긴코원숭이와 고라니 두 마리를 실을 것이다. 3번 동물원에 도착해서 오소리를 싣고 나면 우리의 작전이 시작된다. 트럭이 동물원을 빠져나와 31번 길로 들어서면 오은주가 신호를 줄 것이다. C팀은 대기하고 있다가 신호가 오면 트럭의 진로를 막는다. 트럭이 상황을 파악하는 데는 1분. 1분 동안 자신의 진로가 확보되지 않으면 그 옆에 있는 28번 길로 방향을 틀 수밖에 없을 것이다. 28번 길은 B팀이 확보하고 있다가 역시 같은 방법으로 트럭의 진로를 막는다. 트럭은 후진하여 다른 길로 우회를 시도할 것이다. 그러면 뒤를 쫓던 A팀이 바싹 붙어서 퇴로를 차단한다. 삼면이 막힌 상태에서 트럭이 동물원연합으로 구조 신호를 보낼 때까지는 2분의 시간이 있다. 2분 안에 우리의 습격은 끝나야 한다. 우리에게는 비밀 병기 이지우가 있으니

걱정 없다. 재이가 해킹을 통해서 문을 열어줄 것이다. 동물을 어디로 옮겨서 어디까지 갈 것인지는 여기에 적지 않을 것이다. 혹시 노트가 발각되면 추격의 실마리를 줄 수도 있으니까. 습격이 성공하면 나머지 내용도 모두 적어두겠다.

어제는 모든 친구들이 모여서 사전 답사를 다녀왔다. 동물원으로 소풍을 가는 것처럼 연기를 하자고 모였는데, 정말 소풍처럼 되어버렸다. 사소한 사건도 있었지만, 오랜만에 맛있는 걸 먹으면서 모두 신나게 떠들었다. 나는 그라임스Grims의 〈Kill V. Maim〉을 친구들에게 들려주었다. 적절한 선곡이라며 모두 좋아했다. 당연한 얘기다. 내가 그 곡을 괜히 들려줬겠나. 이런 가사가 나온다. "전쟁을 선포했을 때는 착한 척하는 건 포기, 우릴 체포해봐. 난 그냥 사람일 뿐이고, 내가 할 수 있는 걸 하지." 친구들은 "우릴 체포해봐" 부분을 신나게 따라 불렀다. 나도 정말 오랜만에 헤드폰을 벗고 블루투스 스피커로 노래를 들었다.

겁이 나기도 했겠지만 모두 들떠 있었다. 살면서 이런 일을 해볼 수 있는 사람이 얼마나 될 것이며, 이렇게 마음 맞는 친구들과 일을 꾸밀 수 있는 기회가 얼마나 될 것인가. 재활용되지 못한 소리의 쓰레기들을 가로질러 가면서, 우리는 내일 소리를 지를 것이다. 헤드폰을 벗어보았다. 나는 소리로 그림을 그릴 수 있다. 소리의 시차와 공간 차를 이용해서 시각을 만들어낼 수 있다. 어떤 소리는 가깝고 어떤 소리는 멀고, 어떤 소리는 둥글고 어떤 소리는 네모다. 유진의 목소리가 송곳을 닮았다면 정인수의 목소리는 야구공을 닮았다. 눈이 내리는 공원에 혼자 서 있었던 적이 있다. 보이지 않는 나무 뒤에서 아빠는 엄마의 머리를 때리고 있었고, 나는 보지 않고도 그 장면을 볼 수 있었다. 귀를 막았지만 장면은 눈앞에서 사라지지 않았다. 들으면서 볼 수 있다는 것은 축복이 아니라 저주다. 헤드폰을 벗었을 때 이렇게 평화롭고 고요하면 나도 모르게 불안해진다.

오은주와 유진은 깊이 잠들어 있다. 두 사람의 숨소리를 들으면, 보지 않아도 어떤 자세로 자고 있는지 알 수 있다. 유진은 두 팔을 위로 올리고 잠들어 있다. 오은주는 두 팔을 가지런히 배에 올리고 있다. 민시아는 곧 아르바이트에서 돌아올 것이고, 공상우와 정인수는 새벽에 합류할 것이다. 이지우는 잘 있을 것이다. 걱정이 되기도 하지만, 아마도 잘 있을 것이다.

D - 2

습격 작전을 벌이게 될 3번 동물원은 썰렁하기 이를
데 없었다. 겨울인 데다 평일이고 새해이기까지 했으니
관람객이 많을 리가 없었다. 여덟 명의 친구는 두툼
한 패딩을 껴입고 동물원으로 들어갔다. 한겨울에 여
덟 명의 단체 관람객이라 사람들 눈에 띄지 않을까 걱
정했지만 이들을 눈여겨볼 만한 직원들도 보이지 않았
다. 두리번거리면서 동물원 입구에 서 있는데 마침 관
광버스 한 대가 도착했고, 60대로 보이는 남녀가 무더
기로 버스에서 내렸다. 시끌벅적한 소리가 조용한 동
물원에 울려퍼졌다. "여기가 곧 문을 닫는다며?", "아

냐, 문을 닫는 게 아니라 공사를 한다잖아.", "무슨 소리야. 규모를 줄인다던데.", "동물 몇 마리 죽인다는 게 그럼 그 소리야?", "동물을 왜 죽여, 어디다 갖다가 팔겠지." 이런 소리들이 끊임없이 뒤섞이고 있었다.

정인수 :　　(주변을 두리번거리며) 우리밖에 없을 줄 알았더니 인기 동물원이었네.

유　진 :　　눈에 띄게 두리번거리지 마.

정인수 :　　세상 사람들 모두가 너처럼 정지 시력이 뛰어나거나 관찰력이 좋진 않아. 대부분은 다른 사람에게 전혀 관심 없다고.

민시아 :　　그건 그래.

이지우 :　　(걸어오고 있는 친구들에게 몸을 돌리며) 우리 이제 누구한테, 제일 먼저, 인사하러 가?

오은주 :　　지우 네가 정해.

유　진 :　　지금 냄새가 가장 강렬한 곳은 어디야? 지우, 너 냄새 맡으면 다 알 수 있잖아.

이지우 :　　얼어붙어, 겨울에는, 냄새도, 땅도 전부다.

민시아 :   냄새도 얼어붙어?

이지우 :   땅에서 올라오지 못하고, 전부 땅에 포
          장돼 있으니까, 랩으로 꽁꽁 싸여 있는
          거하고 똑같아.

오은주 :   (현재 온도를 반영하는 듯한 차가운 목소리로)
          구경하는 것도 좋고 노는 것도 좋지만,
          우리는 지금 습격을 위한 정찰 중이란 걸
          잊지 말았으면 좋겠어.

정인수 :   정찰을 위해서 뭘 봐야 하는데?

오은주 :   이 장소에 익숙해지라는 거지.

정인수 :   즐기고 놀아야 익숙해지지.

오은주 :   그럼 그렇게 해.

유 진 :   나는 코끼리 보고 싶어.

민시아 :   코끼리 싫어.

오은주 :   이 동물원엔 코끼리 없어.

유 진 :   사자는 있어?

오은주 :   사자는 있어. 보고 싶어?

유 진 :   동물들을 탈출시킬 계획을 세웠고, 너희
          들은 동물원을 싫어하는 것 같긴 하지

만, 나는 동물원도 필요하다고 생각해. 여기가 아니면 어딜 가서 코끼리나 사자 같은 큰 동물을 볼 수 있겠어?

재 이 : (가만히 듣고 있다가 친구들을 향해 몸을 뒤틀면서) 나도 유진에게 한 표. 인간에게는 절대적으로 행복한 기억이 필요한데 일상적인 공간에서는 그런 기억을 만들 가능성이 전혀 없거든. 아주 짧고 행복한 기억 하나가 그 사람을 평생 착한 사람으로 만들 가능성이 있다면, 동물원으로 상처를 받는 사람보다 즐거워지는 사람이 훨씬 많을 거야. 역기능보다 순기능이 많다면, 그것도 압도적이라면, 동물의 권익을 약간은 침해해도 되지 않을까? 인간들이 한두 번 그랬던 것도 아니고 새삼스러울 것도 없잖아. 동물원이 없었다면 나는 롤러코스터도 타보지 못하고 죽었을 거야.

공상우 : 동물원은 롤러코스터를 타는 데가 아냐.

재　이 : 　난 동물원에서 처음 타봤다고.

공상우 : 　내가 나중에 놀이공원에 데려가줄게.

재　이 : 　네가 잘 몰라서 그래. 롤러코스터에서 내
　　　　　려다보는 동물들이 얼마나 근사한지 알
　　　　　아?

　사자 우리에 도착하자 모두 말이 없어졌다. 사자는
멍한 눈으로 앉아서 햇볕을 쬐고 있었다. 우리는 일렬
로 서서 도랑 너머의 사자를 바라보았다. 사자는 우리
따위 신경 쓰지 않고 계속 햇볕을 즐겼다.

　"야, 저 새끼가 사자야? 좆나 힘없게 생겼다. 사슴이
랑 싸워도 물려 뒈지겠네."

　"사슴한테 좆나 처맞고 지금 저러고 있는지도 몰라.
불쌍하다, 야."

　"이 형님이 잠자는 사자의 코털을 한번 건드려봐?"

　초클 옆에서 사자를 보던 남자 네 명이서 큰 목소리
로 떠들었다. 한 남자가 땅바닥을 두리번거리더니 돌
멩이 하나를 집어 들어서 말릴 새도 없이 사자를 향해
던졌다. 돌멩이는 사자가 앉아 있던 자리의 1미터 옆

바위에 부딪히며 투둑, 하는 소리를 냈다. 사자는 돌아보지 않았다. 소리가 나는 곳도, 돌멩이를 던지는 쪽도 보지 않았다.

"꿈쩍도 안 한다, 야. 야구 선수라는 놈이 그것도 하나 못 맞히냐? 하긴 그러니까 계속 2군에 있지."

"내가 투수냐, 내야수지. 내가 다시 던져서 맞히면 어쩔 거야?"

"내야수니까 당연히 송구가 정확해야지. 투수면 내가 말을 안 해. 맞히면 저녁 사줄게. 근데 꼬리나 몸통은 안 돼. 대가리를 맞혀."

"오케이, 대가리에다 돌멩이 꿀밤을 제대로 박아주겠어."

남자가 다시 두리번거리며 돌멩이를 찾았다. 돌멩이를 찾아서 집으려는 순간 누군가가 발로 걷어냈다. 공상우였다.

"던지지 마요."

상대방이 허리를 굽혀 집으려던 돌을 발로 걷어낸 사람치고는 공손한 어투로 공상우가 말했다.

"뭐?"

남자가 허리를 펴고 공상우를 바라봤다. 두 사람은 키가 비슷했다.

"던지지 마시라고요."

남자는 공상우 뒤에 있는 친구들을 보았다. 공상우를 뺀 일곱 명이서 미어캣처럼 고개를 뺀 채 싸움터를 구경하고 있었다. 남자의 친구 세 명도 공상우의 정체를 파악하려 애쓰고 있었다.

"네가 뭔데 던지지 말래? 동물원 사장이야?"

"글자 못 읽어요, 혹시? 아, 그런 건가? 그러면 너무 미안한데……, 어렸을 때 집안에 누가 아프셔서 학교를 다니지 못하고, 그러다가 나중에 다시 학교를 다니려고 등록을 앞두고 있었는데 집에 부도가 나서 또 기회를 놓치고, 시간이 흐르고 흘러 이렇게 안내판도 읽지 못하게 되어버린 거라면 너무 실례를 한 것 같은데……, 여기에 분명히 그런 얘기가 적혀 있거든요. 제가 읽어드릴까요? 동물에게……."

"이 새끼가 말 진짜 재수 없게 하네."

남자가 공상우의 멱살을 잡으려고 했지만 공상우가 뒤로 물러서는 바람에 계획은 수포로 돌아갔다.

"상우야, 그 아저씨 열 엄청 받았어. 온도가 2도는 올라갔으니까 조심해. 그러다가 화병 나."

온도를 손쉽게 파악하는 오은주가 분석적으로 말해주었다. 정확한 데이터를 바탕으로 얘기하고 있다는 걸 알 수 있었다.

"피했어? 너네 쪽수 믿고 까부는 거야? 새해부터 좆나 재수 없는 것들을 만나버렸네."

남자는 다시 오른팔을 뻗어서 공상우의 옷깃을 잡으려고 했지만 쉽게 잡을 수가 없었다. 두 사람 사이에 물컹한 물주머니가 있는 것처럼 잡으려고 하면 공상우가 뒤로 물러섰다.

"입술이 0.1밀리미터씩 아래위로 떨리는 거 보니까 겁먹고 있네. 겁먹으면서 계속 달려드는 이유가 뭘까?"

유진이 남자를 유심히 지켜보다가 말했다.

"야, 이 새끼 잡아봐."

남자가 뒤에 서 있던 세 명의 남자에게 명령했고, 머뭇거리다가 앞으로 나섰다. 공상우는 친구들이 있는 장소를 피해 좀 더 넓은 곳으로 몸을 움직였다.

"공상우, 안 도와줘도 괜찮겠어?"

정인수가 말했다.

"상우 너 걔들한테 옷깃만 잡혀도 나한테 혼날 줄 알아. 내가 기술을 얼마나 가르쳐줬는데."

민시아가 말했다.

"너 혼자로 충분하겠지만, 필요하면 말해."

재이가 덧붙였다.

네 명의 남자는 정인수와 민시아와 재이의 말에 당황했다. 네 명서 덤벼드는데 친구를 도와줄 생각은 하지 않고 입만 놀리는 것은 분명 뭔가 믿는 구석이 있는 것이다. 네 남자가 공상우의 멱살이나 옷깃이나 뭔가를 잡으려고 달려들었다. 공상우는 유연하게 빠져나갔다. 네 명서 촘촘하게 그물망을 만들었지만 공상우는 빈틈을 정확하게 알고 있었다. 공상우는 웃지 않고 진지했다. 네 남자가 다시 공상우에게 달려들었지만 공상우는 달려드는 순서에 맞춰 리드미컬하게 빠져나갔다. 몸을 비틀기도 하고, 다리를 번쩍 들기도 하고, 점프를 하기도 했다. 네 남자는 공상우의 옷깃도 만질 수 없었다.

"새끼야, 덤벼. 도망만 다니지 말고."

시비를 걸었던 남자가 분을 이기지 못하고 말했다.

"도망 다니는 거 아닌데요. 지금부터 10분 동안 네 분의 힘을 빼드린 다음에 반격할 생각이었는데, 그냥 지금부터 반격할까요?"

공상우가 여유 있게 말했다.

"그래, 덤벼, 새끼야."

"글쎄, 뭐 덤비라고 하면 겁이 나거나 그런 건 아니지만, 그래도 저한테도 나름의 전략이란 게 있는 거고, 아무튼 열심히 해봐요. 저도 최선을 다하고 있으니까."

공상우는 앞으로 나서지 않고 상대의 움직임을 살폈다. 네 명이서 공상우를 포위하려고 안간힘을 썼지만 공상우는 둘러싸이지 않고 계속 어디론가 빠져나갔다. 네 명의 남자가 슬슬 지치는 게 보였다. 한 명이 쉬는 척하면서 기습적으로 공상우에게 달려들었는데, 공상우는 뒤로 빠지면서 몸을 비틀어 남자의 어깨를 손바닥으로 찰싹 때렸다. 가벼운 손동작 같았지만 남자는 중심을 잃고 넘어졌다.

"다음번에는 머리나 뺨 쪽을 때릴게요. 처음부터 그러면 좀 기분이 나쁠 수도 있으니까, 좀 전에는 일종의 선전포고 같은 겁니다."

다른 남자 한 명이 다시 공상우에게 달려들어 주먹을 날렸지만 공상우는 허리를 뒤로 부드럽게 젖힌 다음 스프링처럼 앞으로 나와서 남자의 뒤통수를 쥐어박았다. 남자는 앞으로 고꾸라졌다.

"새끼가 진짜, 뒤질라고 용을 쓰네."

시비를 걸었던 남자가 바닥에서 나무 막대기 하나를 집어 들었다. 공상우는 신경 쓰지 않고 모든 공격을 피한 다음 마지막으로 남자의 뺨을 때렸다. 착, 하는 소리가 사자에게도 들렸는지, 사자가 크게 "으르르르" 소리를 냈다. 공상우에게 잘했다는 응원을 보내는 것처럼 들리기도 했다.

"지금 경비실에서 출동을 할 모양이야."

헤드폰을 벗으면서 한모음이 말했다.

"뭐래? 무슨 소리가 들려?"

민시아가 물었다.

"CCTV를 이제 확인했나 봐. 패싸움이 났다고 얘길

하네. 오는 데 4분 정도 걸릴 것 같다."

한모음은 다시 헤드폰을 썼다.

"그러면 너희들은 저쪽으로 가. 나는 상우랑 여기 좀 더 있다가 경비원들이 오면 다른 쪽으로 유인할게."

민시아가 말했다.

"괜찮겠어?"

오은주가 말했다.

"우리 실력 알잖아. 안 잡혀."

민시아가 두 팔을 벌리며 걱정 없다는 동작을 해 보였다.

네 명의 남자는 여전히 씩씩거리면서 공상우를 노려봤지만 힘이 빠진 기색이 역력했다. 뺨을 맞은 남자는 손으로 얼굴을 어루만지고 있었다. 공상우는 손이 시려운지 두 손에 입김을 불어넣었다.

"조금 있다가 경비원들이 오면 저희는 도망을 갈 건데요. 어떻게 하실 건지는 알아서 정하세요. 더 싸워 보고 싶으면 한 시간쯤 있다가 기린네 집 앞으로 오시면 제가 거기 있을게요. 실력을 보니 그냥 집으로 돌아가시는 게 나을 것 같지만요."

공상우는 땀도 흘리지 않고 패딩 점퍼 속에 두 손을 찔러 넣으며 말했다. 발소리가 공상우와 민시아의 귀에도 들리기 시작했다. 두 명의 경비원이 호루라기를 불면서 뛰어오고 있었다. 공상우와 민시아는 친구들이 갔던 곳의 반대쪽으로 달리기 시작했다. 네 명의 남자도 머뭇거리다가 어디론가 달려갔다.

"다 갔어? 경비원도, 그 사람들도?"

20분 후 공상우와 민시아가 가까이 다가오자 오은주가 말했다. 여섯 친구는 고개를 들고 기린을 보던 중이었다.

정인수 : (기린에게서 눈을 떼지 못하고) 상우 너는 요새 훈련도 안 한 것 같은데 잘 피하더라.

유　진 : 상우가 WCT 챔피언 먹을 뻔한 앤데 그런 애들한테 잡히면 창피한 거지.

재　이 : 나는 말로만 듣고 처음 봤는데 진짜 잘 피하더라.

공상우 : 시아에 비하면 어린애지. 피하고 도망가는 건 민시아가 세계 최고야.

민시아 : 공상우, 너를 내 수제자로 임명하겠어. 많이 늘었어. 네 명한테 둘러싸였는데 터치 한 번 당하지 않고, 멋졌어.

공상우 : 선생님한테 칭찬 받으니까 기분 좋다.

정인수 : 상우, 너 욕을 안 하는 건 알았는데, 아까 걔들한테 왜 존댓말로 이야기를 해? 나이도 비슷해 보이던데.

공상우 : 그것도 다 시아에게 배운 거지. 절대 잡히지 않는 인간인데, 존댓말로 이야기하면 순식간에 상대편의 자존감을 무너뜨릴 수 있다는 거지.

민시아 : 공상우, 역시 잘 배웠어.

유 진 : 기린에게 왔으면 기린을 봐. 지우 봐라, 쟤는 이미 소통을 시작하셨다.

재 이 : 와, 정말 대화가 가능한 거야? 기린이랑?

오은주 : 기린뿐이겠어. 모든 동물이랑 대화가 가능하지.

재 이 : 부럽네. 인간들끼리도 대화가 힘든데.

유　진：　기린은 키가 참 크구나.

공상우：　눈은 왜 저렇게 슬퍼 보일까.

민시아：　우리 이제 도시락 좀 먹을까? 뛰었더니
　　　　　엄청 배고프다.

　　오은주, 기린 우리 앞의 벤치에다 도시락 꾸러미를
풀어놓는다. 보온병에 있는 된장국을 컵에 붓고 김밥
을 꺼낸다. 눈을 감고 김밥의 온도를 확인한다. 아직
은 차가워지지 않았다. 친구들을 벤치로 부른다.

정인수：　보온밥통 성능 끝내준다. 아직도 김밥이
　　　　　따뜻해.

오은주：　따뜻한 정도는 아니고, 차갑지 않은 정도
　　　　　지.

정인수：　인간 온도계 앞에서 무슨 말을 못 하겠네.

민시아：　맛있어.

공상우：　맛있다. 역시 김밥이 진리야.

유　진：　맛있네, 정말.

재　이：　너희들 보온병 원리 알아? 생각해보면

보온병이 얼마나 신기해. 따뜻한 걸 따뜻하게 보존하고, 차가운 건 차갑게 보존하잖아. 인간의 상식으로 생각해보자면, 냉장고는 계속 차가움을 유지하고 보일러는 계속 뜨거운 걸 유지하지만, 보온병은 아니거든. 보온병은 자신의 존재를 드러내지 않고 상대방을 품어. 따뜻한 건 따뜻하게, 차가운 건 차갑게. 상대방의 본질을 해치지 않는 것이지. 우리가 정말 추구해야 할 인간의 모습이 아니겠는가, 이런 생각이 들어. 자신보다는 상대방을 이해하는 자세가 필요한 거야.

유　진 : 어디서 배워먹은, 못된 닭살 멘트야. 저리 썩 꺼지지 못할까.

정인수 : 그래도 우리 중에서 범죄에 가담해본 사람은 재이뿐이잖아. 저런 초긍정 회개의 닭살 멘트를 해도 괜찮은 사람은 재이뿐이야. 우리야 경찰을 만나보길 했어, 지명수배를 당해보길 했어.

민시아 : 적절하다, 정인수.

재　이 : 칭찬이 과하다, 정인수.

오은주 : 그런데 자동차를 납치하는 건 어떻게 하는 거야?

재　이 : 쉬워. 첫째, 자율 주행 자동차를 해킹 한다. 둘째, 자동차를 외진 곳으로 끌고 간다. 셋째, 휴대전화도 해킹 해서 신고를 못 하게 한다. 넷째, 적당한 금액을 요구한다. 다섯째, 돈을 받고 풀어준다. 끝.

민시아 : 참 쉽네. 나도 하겠다.

재　이 : 너도 곧 하게 될 거야. 우리가 하려는 일이 그거랑 비슷한 거니까.

민시아 : 우린 돈을 요구하진 않아.

재　이 : 디테일은 다르지만 커다란 원리는 같은 거지. 기술의 틈새를 비집고 들어가서 우리의 요구를 관철시킨다.

오은주 : 그렇게 말하니까 멋지네.

재　이 : 내가 왜 이 미친 습격 작전에 동참하게 됐는지는 잘 모르겠지만 범죄자 선배로

서 하나만 충고할게. 만약 위급한 순간
이 생기면 상대방을 구할 계획을 세우지
말고 그냥 도망가. 각자 알아서 도망가야
지 나중에 다시 만날 수 있어. 알겠지?
뭉치면 잡히고, 흩어지면 산다.

유　진 : 흥미롭고 새로운 교훈이네.

민시아 : 나는 알 것 같아. 각각의 능력이 다르기
때문에 혼자 움직여야 살 수 있어. 누군
가를 도우려고 하면 자신의 능력이 감쇄
되니까.

유　진 : 도망 일인자의 해설이 더해지니까 더욱
흥미로워지네.

공상우 : 그래도 급박한 순간이 오면 서로 도우려
고 하지 않을까?

재　이 : 그러니까 미리 말해주는 거야. 흩어져야
산다. 그 말만 기억해.

오은주 : 내일 일은 내일 생각하자. 와, 햇볕 좋다.
한모음, 오늘 같은 날 어울리는 노래 없
어?

한모음 :	응, 여기. (음악을 튼다.)
민시아 :	누구 노래야? 시작부터 좋다. 소풍 배경 음악으로 딱이네.
한모음 :	그라임스.
공상우 :	좋다.
오은주 :	뭔가 막 끓어오르네.
유 진 :	지금 뭐라는 거야?
한모음 :	B. E. H. A. V. E.
재 이 :	전에 들어본 노래다. 춤출까?
민시아 :	공상우 춤 잘 춰.
오은주 :	진짜? 박수.
공상우 :	잘 못 춰.
정인수 :	한모음, 노래 리플레이 부탁해.

D - 2

친구들이 집으로 돌아가고 이지우는 혼자 동물원에 남았다. 아직 오소리를 만나지 못했다. 5시가 넘었는데 오소리는 모습을 드러내지 않았다. 이지우는 오소리 우리가 보이는 곳에 앉아서 계속 기다렸다. 사위가 어두워지자 오소리들이 모습을 드러냈다. 어둠 속에서 이지우는 오소리들을 관찰했다. 이지우와 오소리 사이에 있던 가로등에 불이 켜졌고, 연극 무대처럼 어떤 부분은 밝고 어떤 부분은 어두워졌다. 이지우는 오소리 우리에 가까이 다가섰다.

"으으으으음……."

"응?"

"각각각각."

"아."

이지우는 오소리의 소리에 집중했다. 여섯 마리의 오소리 중에서 유독 한 마리가 이지우 곁을 떠나지 않고 있었다. 그 오소리의 입에서 나와 공기를 떠돌아다니던 소음들이 뭉쳐지고 동글동글 말려서 의미를 띠기 시작했다. 이지우는 눈을 감았다. 오소리의 목소리가 들렸다.

"여기?"

"응, 만나러 왔어, 여기에, 너를, 기다렸고, 아까부터 계속 기다렸어. 굴 속에서 뭘 했어? 혹시 동면을 하고 있을까? 그렇게 생각했어."

"잠은 늘 자도 졸려."

"오소리들도 그렇구나."

"누구나."

"꿈을 꿨어? 오소리들도 꿈을 꿀 거라고 생각해. 나도 꿈을 꾸는데, 자주 꿈을, 많이 꾸는데, 밀림이나 수풀이나 우거지고 깊고 울창한 곳에서 마음껏 함께 달리는 꿈이야."

　"우린 안 꿔."

　"전혀?"

　"꿈 꿀 시간에 더 자."

　"그렇구나. 현명하구나."

　"날 보러 온 줄 알고 있었어."

　"정말?"

　"냄새가 다르니까."

　"어떻게 달라?"

　"구경 오는 사람, 아닌 사람."

　"나는 아닌 사람?"

　"그럼."

　"냄새로 알 수 있구나."

　"내가 곧 죽는대서 보러 온 거야?"

　"그건 어떻게 알았어?"

　"늙었고, 아프고, 인기도 없고, 잠도 많이 자고, 나를 필요로 할 이유가 없겠지. 사육사들이 며칠 전부터 달라졌어. 그건 곧 처형이 있다는 얘기지."

　"오소리들은 대단하구나."

"동물들은 다 알아."

"이틀 후에 너를 구하러 올 거야."

"누가?"

"나하고 내 친구들이."

"왜?"

"구해야 하니까."

"괜한 짓 하지 마."

"그게 왜 괜한 짓이야?"

"그러다가 너만 다쳐. 우린 다 이해해."

"뭘 이해해?"

"인간들이 왜 그러는지, 왜 우릴 가둬두고 훈련시키고 못살게 굴다가 어떤 때는 잘해주는지."

"왜 그런 거야?"

"호기심이 많아서 그래."

"나쁜 호기심이지."

"자신들이 어떤 동물인지 알고 싶은데, 도저히 모르겠으니까 우리한테 그러는 거야."

"미안해."

"우린 아무렇지 않으니까 구하러 오지 않아도 돼."

"그래도 올 거야. 친구들이랑, 계획도 다 세워뒀어."

"굴속에서 가만히 엎드리고 있으면 차들이 지나가. 그러면 주변의 모든 땅이 울려. 팔을 베고 자다가 깜짝 놀라. 머리 위에서 흙이 내려앉고 뿌리들이 떨어져 나가. 귀가 아플 정도로 커다란 소리야. 이대로는 못 살겠다 싶은데, 흙이 내려앉으면서 눈앞에 맛있게 생긴 지렁이가 툭 떨어져. 나쁜 일 하나에 좋은 일 하나. 시끄러우면 지렁이가 생겨. 애써서 계획을 세우지 않아도 좋은 일 하나에 나쁜 일 하나, 달라질 건 없어."

"죽이는 건 안 된다고 생각해."

"들어가야겠다. 애쓰지 마. 마음은 잘 알겠어."

오소리가 "끼기기긱" 하는 소리를 내면서 뒤로 물러섰다. 이지우는 정신을 차렸다. 꿈을 꾼 것인지, 자신이 오소리가 된 것인지, 오소리가 사람이 된 것인지 잘 기억나지 않았다. 대화는 생생했다. 누군가가 오소리에게 플래시 불빛을 비추고 있었다. 플래시 불빛은 곧 이지우에게 왔다.

"여기 계시면 안 돼요. 폐장 시간이 지났어요."

경비원은 이지우가 나갈 방향으로 플래시 불빛을

비추었다. 이지우는 빛을 따라 순순히 걸어 나갔다. 잠깐 돌아보았을 때 오소리와 눈이 마주쳤다. 모든 것을 초월한 듯한 눈빛이라고, 이지우는 느꼈다. '내일 다시 올게.' 이지우는 눈을 감고 오소리에게 메시지를 보냈다. 오소리의 냄새가 맡아지는 것 같았다. 냄새로 어떤 메시지를 보낸 듯했다. 걱정하지 마, 내일 다시 올게. 이지우는 그 말을 계속 중얼거리면서 동물원 밖으로 나갔다.

친구들은 모두 집으로 돌아갔다. 이지우는 자율 주행 트럭이 오소리를 실어 갈 예정인 화물 적재장에 가 보았다. 머릿속으로 습격을 예상해보았다. 자신이 어떤 식으로 움직여야 할지, 친구들은 어디에 있을지 눈앞에 그려보았다. 친구들도 이곳에 와서 이틀 후를 상상해본 후 집으로 돌아갔을 것이다. 이지우는 자꾸만 지렁이 생각이 났다. '나쁜 일 하나에 지렁이 하나' 그 말이 떠올랐다. 오소리와 나눈 대화는 꿈인지 실제인지 뚜렷하게 생각나지 않지만 그 말만큼은 선명하게 남았다. 아마도 오소리가 말했을 것이다. 오소리는 지렁이를 무척 좋아하니까, 분명히 그랬을 것이다.

D - day

9:00 am

아침부터 문제가 생겼다. 자율 주행 트럭의 시스템이 전날 업데이트 됐다는 사실을 알게 된 재이는 10초에 한 번씩 한숨을 쉬었다. 표정은 태연했지만 노트북 앞에 앉아서 계속 자신의 머리를 쥐어박았다. 머리가 잘 돌아가지 않을 때 하는 행동이었다. 정인수는 재이 옆에서 새로운 해킹 프로그램 만드는 걸 도왔다.

재이의 원래 계획은 자율 주행 트럭의 내부 시스템을 통제하는 '온보드 진단기'를 뚫는 것이었다. 온보드 진단기를 통해 통신 기능을 장악하면 브레이크와 전원과 사이드미러의 위치까지 조정할 수 있다. 그런데 시스템이 업데이트 되면서 길이 차단되고 말았다. 다시 뚫으려면 몇 시간이 걸릴지 몰랐다.

"어떻게 해야 해? 우리, 실패야?"

정인수가 재이의 곁에 바싹 붙어 말했다.

"뭐가 실패야, 이제 시작인데. 고전적인 방법으로 가봐야지."

재이가 목을 꺾으면서 대답했다.

"고전적인 방법이 뭔데?"

"인포테인먼트 ECU."

"현대적인 것도 모르니까, 고전도 모르겠어."

"자율 주행 시스템은 두 파트로 나뉘어 있어. 메인 시스템, 인포 시스템. 인포 시스템은 음악이나 영상이나 기타 데이터를 인터넷으로 받아오는 건데, 그쪽으로 진입하면 메인 시스템에 접근할 수 있어."

"무슨 말인지 잘 모르겠지만, 가능하다는 거지?"

"해봐야 안다는 거지. 블루투스 알지?"

"알지. 근거리 무선통신."

"잘 봐. 내가 블루투스를 이용해서 어떻게 트럭의 내장으로 뚫고 들어가는지. 피를 흥건하게 흘려서 녀석의 블루투스는 곧 레드투스가 될 것이야."

"무섭다."

"무섭긴……, 이 정도면 귀여운 거지."

오은주의 원룸은 일곱 명의 사람이 내뿜는 열기로 정신이 없었다. 저녁의 화려한 무도회를 준비하는 대학생들 같은 분위기였다. 모두 조금은 들떠 있었고, 비장했으며, 폭발 직전의 폭탄을 들고 있는 사람들 같았다. 공상우는 구석에서 누군가와 통화를 하고 있었고, 민시아는 창밖을 보면서 조용히 노래를 부르고 있었고, 한모음은 여전히 헤드폰을 쓴 채 계란 프라이를 만들고 있었고, 오은주는 회사 일을 처리하고 있었고, 재이와 정인수는 노트북 앞에서 떠날 줄을 몰랐고, 유진은 모든 친구들의 행동을 차분히 지켜보고 있었다. 언뜻 평화로운 분위기처럼 보였지만 긴장감이 최고조로 올라와 있었다.

"오은주, 우린 이제 출발해야 할 것 같은데?"

유진이 말했다. A조는 가장 빨리 집을 나서서 1번 동물원으로 가야 했다. 거기서부터 자율 주행 트럭을 쫓아야 한다.

"응, 잠깐만. 하나만 처리하면 돼."

오은주가 휴대전화의 마이크 무음 버튼을 누르고 말했다.

"시간 없어. 빨리 끝내야 해."

"오케이, 알았어. 걱정 마."

유진은 재이와 정인수를 걱정스럽게 지켜보았다. 말을 걸려고 했지만 두 사람은 누구의 말을 들을 정신도 없었다. 잠깐의 틈을 발견한 유진이 말을 걸었다.

"정인수, 우리 지금 출발하려고 하는데, 그래도 괜찮을까?"

"응, 지금? 출발해야지. 걱정 마. 11시까지는 무조건 해결해놓을 거니까. 그렇지?"

정인수는 재이에게 대답을 바랐지만 돌아오는 말은 없었다. 재이는 이미 다른 세상에 가 있었다.

"자, 그럼 A팀, 출발할게. 이따가 만나."

오은주가 큰 소리로 말하며 문을 열고 나갔다. 유진이 그 뒤를 따라갔다.

"그런데 팀 이름을 누가 A, B, C로 했지?"

문이 닫히자 정인수가 말했다.

"오은주가 그랬지. 우리 리더니까."

공상우가 대답했다.

"1팀, 2팀, 3팀으로 할 수도 있는데 왜 굳이 알파벳을 썼지?"

"이제 와서 문제 제기하는 거야? 1, 2, 3은 서열을 나누는 것 같으니까 평등한 팀을 강조하기 위해 그런 거 아닐까?"

"학점은 A, B, C로 주잖아."

"그럼 너 혼자 2팀 해. 나는 B팀 할 테니까."

"아니 꼭 2가 좋다는 건 아니고……."

"정인수, 헛소리하지 말고 이거나 빨리 계산해. 너는 지금 2팀 아니고 내 팀이야. 이거 해결 못 하면 아무 팀도 못 해."

재이는 화면에서 눈도 떼지 않고 말했다.

오은주와 유진이 거리로 나서자 화창한 1월의 찬바람이 옷 속으로 스며들었다. 코끝이 시렸다. 지나가던 개 한 마리가 허공을 보며 컹컹, 짖었다. 노란색 스웨터를 입은 아이가 놀이터 그네에 앉아 있었다. 이불을 터는 소리가 들렸다. 빵을 들고 가던 남자가 아파트 현

관으로 들어갔다. 모든 것이 제자리에 있는 듯했다. 불
행한 일은 아무것도 생길 필요가 없는, 평범한 하루가
시작되고 있었다. 초클의 작전 역시 실패할 이유가 없
었다. 유진은 오은주가 운전하는 차의 조수석에 앉았
다. 큰길에 들어설 때까지 오은주는 말이 없었다.

"떨려?"

"응? 아니."

"안 떨려?"

"응, 안 떨려."

"나는 떨려. 어제보다 1도 높아졌는데, 너무 추워."

"심호흡을 해봐. 자, 이렇게."

유진은 심호흡법을 가르쳐주었다. 6초 정도 깊게 들
이마시고 최대한 길게 내뱉는 호흡을 다섯 번 정도 반
복했다. 도로는 적당히 분주했다. 1번 동물원까지 막
힐 만한 도로는 없었다. 예상 시간보다 15분 일찍 도
착했고, 두 사람은 동물원 입구가 보이는 공용 주차장
에다 차를 주차했다. 히터의 도움을 받으려면 시동을
끌 수 없었다. 10분이 지나자 하얀색 트럭이 동물원에
도착했다. 유진은 곧바로 트럭의 정체를 알아차렸다.

그들이 찾던 목표물이었다. 거대한 트럭이었다.

하얀 트럭에는 창문이 없었다. 운전사가 없었기 때문에 운전사가 숨을 쉬어야 할 통로도 필요 없었다. 멀리서 보면 어디가 트럭의 앞면이고 뒷면인지 분간하기 힘들 정도였다. 트럭은 조용히 움직였고, 군더더기 없는 동작으로 동물원에 입장했다. 1번 동물원에서는 영양이 적재될 예정이었다. 오은주는 액셀러레이터를 밟아서 적재장으로 향했다.

"이 자동차도 자율 주행이었으면 작업하기가 쉬웠을 텐데……, 안 그래? 자율 주행 자동차들끼리는 서로 봐주고 그럴 거 아냐. 하하."

오은주가 스스로의 마음을 가볍게 하려고 농담을 했지만 유진이 웃을 정도는 아니었다. 적재장은 동물원의 뒤쪽이었다. 아마도 영양이 들어가 있을 거대한 박스가 두 사람의 눈에 들어왔다. 박스 위쪽에 조그마한 창문이 나 있었고, 내부의 온도와 습도를 보여주는 작은 LCD만 달려 있었다. 안에서 어떤 일이 벌어지는지 누구도 볼 수 없었다.

"저 박스 보여?"

유진이 말했다.

"와, 동물원 놈들 진짜 비인간적이네. 어쩜 저렇게 다 가려놓았지? 숨 쉴 구멍만 겨우 뚫어줬네?"

오은주가 화가 난 목소리로 대꾸했다.

"저게 인간적인 거 아닐까? 사육사들이 마지막 인사를 못 하게 하려는 거겠지. 헤어지는 동물들의 눈을 안 봐도 되니까."

"그래, 비인간적은 아니고 비동물적이네."

"동물들도 저게 나을 거야. 자신들이 어디로 가는지 눈으로 보지 않아도 되니까."

"그래도 아마 다 알 거야."

"다 알겠지. 소리로 알고, 냄새로 알고, 육감으로 알겠지."

적재장에서 경비원이 과정을 지켜보고 있었다. 박스가 트럭에 실리는 것을 확인한 경비원은 휴대전화로 누군가에게 보고했다. 트럭이 이동하자 경비원은 문을 걸어 잠그고 동물원 안으로 사라졌다. 오은주는 다시 액셀러레이터를 밟아서 하얀 트럭을 쫓았다. 트럭은 빠르지도 느리지도 않은 속도로 주행했다. 조급할 이

유도 없고, 서두를 사람도 없었다. 자신만의 독자적인 리듬으로 거리를 활보했다. 자율 주행 트럭을 좇는 것은 쉬운 일이었다. 갑자기 차선을 바꾸는 일도, 급작스럽게 속력을 높이는 일도 없었다. 운전사가 담배를 한 대 피우려고 멈출 일도 없었다.

2번 동물원에 도착했을 때도 거의 똑같은 과정이었다. 트럭은 도착해서 곧바로 동물원의 적재장으로 향한다. 트럭 안에 있는 무인 지게차가 밖으로 나와서 박스를 트럭에 싣는다. 2번 동물원의 박스 안에는 긴코원숭이와 고라니 두 마리가 실려 있을 것이다. 세 개의 박스가 트럭에 모두 들어가자 무인 지게차는 '자, 이제 마지막 동물원으로 가서 일을 끝내자고!'라고 말하는 듯한 모습으로 트럭에 올라갔다. 유진이 보기에는 그랬다. 트럭에 올라간 다음 땀을 닦듯 기름을 닦을지도 모른다고 유진은 생각했다.

3번 동물원으로 가는 길에서 다시 문제가 생겼다. 도로 위의 자동차들이 움직이지 않았다. 앞쪽에서 무언가 사고가 생긴 게 분명했다. 오은주는 손톱으로 핸들을 톡톡톡 두드리며 조바심을 냈다. 유진은 자동차에서 내려 도로 한가운데로 갔다가 돌아왔다.

"사고 났네."

"무슨 사고?"

"정확하게 보지는 못했는데 트럭이 뒤집힌 것 같아."

"미끄러졌나? 테러인가?"

"한참 걸리겠어. 애들한테 전화해줄까?"

"아냐, 일단 길이 뚫리면 그때 하자. 트럭이 기다릴까, 아니면 다른 길로 갈까?"

"지금으로선 다른 길로 갈 수가 없을 것 같은데?"

"기다려보자."

두 사람은 자동차에서 기다렸다. 20분이 지나서야 사고 현장을 통과할 수 있었다. 붉은 액체가 도로를 뒤덮고 있었다. 음료수를 싣고 가던 트럭이 넘어진 것 같은데, 유진은 그게 피처럼 보였다. 도로 위에 피가 가득 흐르고 있는 것처럼 보였다. 하늘에서 피가 비처럼 쏟아진 것 같았다. 유진은 자신도 모르게 눈을 감았다.

사고 현장을 통과했지만 속도는 좀처럼 나지 않았다. 11시 50분이 되어서야 자동차들이 제 속력을 냈다. 오은주는 정인수와 민시아에게 전화를 걸었다. 곧 도착할 거라고, 이제 진짜 시작이라고 말을 하고 전화를 끊었다. 트럭이 3번 동물원으로 진입했다. 동물원의 문이 열리고 트럭이 안으로 들어갔다. 전기로 움직이는 자율 주행 트럭은 움직일 때 소리가 거의 나지 않았다. 뒤꿈치를 들고 몰래 복도를 걸어가는 아이처럼 동물원의 도로 위를 미끄러지듯 지나갔다.

D - day

11:55 am

　박스를 싣는 데는 1분도 걸리지 않았다. 무인 지게차가 내려와서 박스를 트럭에 담았고, 모든 작업이 끝났다. 3번 동물원의 경비원 홍수 씨는 트럭이 떠나는 걸 보고 동물원의 후문을 닫았다. 홍수 씨는 철야 근무를 마치고 이제 곧 퇴근할 생각에 기분이 좋아졌다. 어제저녁 근무는 몹시 힘들었다. 오소리를 박스로 몰아가는 게 쉬운 일이 아니었다. 오소리는 야생성이 강한 동물이라서 길들이기 힘들다. 친해졌나 싶다가도 어느 순간 이빨을 드러내면서 공격한다. 어지간한 동물과 일대일로 싸워도 지지 않는다. 발톱은 날카롭고,

이빨은 강인하고, 냄새 주머니까지 차고 있다. 위급한 순간이면 독한 가스를 살포하고 도망치기도 한다. 사육사와 힘을 합해서 녀석을 박스에 넣고 나니 온몸에 땀이 흘렀다. 빨리 가서 샤워를 해야겠다는 생각을 했다. 홍수 씨는 동물원연합 본부에 전화를 걸었다. 담당자가 전화를 받았다.

"3 동물원, 화물 적재 완료했습니다."

홍수 씨가 신나는 목소리로 보고를 했다.

"예, 담당자 이름과 적재 품목 확인할게요."

사무적인 목소리가 들려왔다.

"3 동물원 경비원 김홍수, 오소리 한 마리입니다."

"네, 확인했고요. 적재 화물 상태 확인할게요."

"예, 조금 전에 출발했어요."

"저희가 생체 신호 확인까지 해야 돼서요. 조금만 기다려주세요."

"예, 알겠어요."

"김홍수 씨?"

"네."

"오소리 한 마리 들어간 거 맞죠?"

"그럼요. 어제 제가 입장시켰는데요."

"지금 확인한 바에 의하면 생체 신호가 두 마리로 잡히거든요. 잘못 넣으신 거 아니에요?"

"아니에요. 어제 사육사하고 제가 분명히 한 마리 넣고 문을 닫았어요."

"아침에는 확인 안 하셨죠?"

"확인하고 말고 할 게 뭐가 있어요. 안에 있던 오소리가 문을 열고 나오겠어요, 아니면 밖에 있던 오소리가 문을 열고 들어가겠어요."

"밖에서 버튼만 누르면 쉽게 문이 열리는 박스니까 다른 동물이 들어갔을 확률도 있지 않겠어요? 출발시키기 전에 확인했어야죠."

"오소리가 얼마나 매서운 놈인데 그걸 또 열어서 확인해요. 내가 어제도 그놈 이빨에 손가락이 물릴 뻔했다니까."

"빨리 가서 확인해주세요."

"내가 그걸 어떻게 붙잡아요. 벌써 출발했는데. 그리고 그거 뭐냐, 그 자유 주행 트럭이라면서요. 그러면 운전사도 없는데 내가 무슨 수로 그걸 잡아요?"

"자유가 아니고 자율 주행 트럭이요. 접근하면 저희가 트럭을 세워드릴 테니까⋯⋯. 아, 잠시만요."

"아니 이 사람이, 말 참 쉽게 하네."

"지금 트럭 보입니까?"

"안 보여요. 여기 와봤어요? 여기는 전부 다 골목이어서 코너 돌면 바로 안 보인다니깐."

"지금 교대 근무자 와 있죠?"

"와 있지."

"그러면 제가 주소 하나 보낼 테니까 김홍수 씨는 그쪽으로 이동해주세요."

"내가 거길 왜 가?"

"3 동물원 동물 한 마리가 더 적재돼 있으니까 김홍수 씨가 데리고 가셔야죠."

"내가 왜?"

"그럼 누가 해요? 지금 잘못 적재하셔서 이런 일이 생긴 거잖아요."

"에이 진짜. 사육사가 가든가 그럼."

"그건 알아서 하시고요. 일단 주소 보내드릴 테니까 그쪽으로 가서 잘못 적재된 동물 한 마리 다시 인계해

가세요. 저희가 트럭 세워드리려고 했는데 보안 때문에 안 되겠고요. 오늘 트럭 도착 장소로 가셔서 인계해 가세요. 가실 때는 인계 가능한 트럭 몰고 가시고요."

홍수 씨는 전화를 끊었다.

D - day

12:05 pm

재이는 오은주의 신호를 기다렸다. 신호가 오면 재이는 몇 초 동안 트럭을 작동 불가능의 상태로 만들 것이다. 처음에는 어느 선까지 해킹을 할 것인가로 의견이 분분했다. 아예 트럭을 납치해서 원하는 곳으로 몰고 가자는 의견도 있었다. 그렇게 되면 일이 커진다. 재이가 원하는 것은 단순했다. 누가 했는지 눈치채기도 힘들 정도로 간단한 해킹이어야 한다. '어, 어, 어' 하는 순간 해킹이 끝나고, '이게 무슨 일인가?' 의미를 부여하기도 전에 사건이 끝나야 한다. 잠깐의 정전 같은 해킹이어야 한다. 그래야 습격도 수월하고, 자신의 신분도 꽁꽁 숨겨둘 수 있다. 자율 주행 트럭을 납치해서 랜섬 카로 만들어버리는 순간 곧바로 용의자 리스트에 자신의 이름이 오를 테니까 말이다. 신호가 오면 재이는 실행 버튼을 누를 것이고, 트럭이 잠깐 멈출 것이다. 그때 모든 습격이 완벽하게 이뤄져야 한다. 팀워크가 중요하다. 모두 긴장하고 있을 것이다.

민시아와 한모음은 트럭이 골목길을 나서려는 순간 앞을 가로막았다. 아무런 예비 동작 없이 순식간에 뛰어나와서 가만히 서 있었다. 움직이지 않고 가만히 서 있었다. 두 사람은 마스크로 얼굴을 가리고 있었다. 한모음은 사우스파크의 케니 마스크를 썼고 민시아는 미키마우스 마스크를 썼다. 케니와 미키마우스 마스크를 쓴 두 사람이 골목길에 나란히 서 있는 모습은 기괴했다. 길거리 퍼포먼스를 하는 예술가들 같았다. 만약 트럭에 운전사가 있었다면 그 기괴함에 자리를 박차고 도망치고 말았을 것이다. 보는 사람이 없는 게 다행이었다. 급정거 후 몇 초 동안 가만히 있던 트럭은 후진을 시작했다. 후진한 다음 다른 길로 들어서려는 순간 공상우와 정인수가 나타났다. 두 사람 역시 마스크를 쓰고 있었다. 공상우가 고른 것은 드라큘라였고, 정인수는 스크림 마스크였다. 트럭은 다시 멈춰 섰다. 공상우와 정인수 역시 움직이지 않았다. 오랫동안 그곳에 서 있었던 사람처럼, 자신들이 인간이 아니라 도로의 장애물인 것처럼 꿈쩍도 하지 않았다. 트럭이 후진하려는 순간 오은주와 유진이 탄 자동차가 길을 막았다.

"재이, 지금이야."

오은주가 신호를 보냈다. 재이는 노트북의 엔터 키를 눌렀다. 트럭의 자율 주행 시스템이 꺼졌고, 엔진이 멈췄다. 거대한 트럭은 누군가가 버리고 간 쓰레기처럼 골목길 한가운데 우두커니 서 있게 됐다. 초클은 바쁘게 움직였다. 공상우와 정인수, 민시아와 한모음이 트럭을 향해 뛰었다. 오은주와 유진도 차에서 내렸다. 그때 트럭의 뒷문이 열렸다. 그 속에는 이지우가 타고 있었다.

"지우야, 괜찮아?"

오은주가 소리 질렀다.

"응, 괜찮아. 내 걱정 말고 빨리 움직여."

이지우가 상기된 얼굴로 소리를 질렀다.

자율 주행 트럭이 멈춰 선 곳은 버려진 창고가 있는 곳이었다. 오은주가 습격 장소로 이곳을 택할 때는 창고의 존재를 알지 못했다. 창고의 존재를 알려준 것은 백건이었다. 공상우가 백건에게 상황을 설명했고, 백건은 현장을 여러 번 둘러본 후 창고를 발견했다. 그리고 싼값에 한 달 동안 창고를 대여했다. 백건이 창고를 빌린 가장 큰 이유는 창고의 문이 두 개라는 점 때문이었다. 창고의 한쪽 문은 큰길로 나 있었고, 반대쪽 문은 동물원의 후문을 향해 있었다. 동물원에서 나오는 트럭을 덮친 다음 무언가 빼돌려야 한다면 창고를 이용하는 방법뿐이라고 생각했다. 백건은 창고에다 대형 트럭을 빌려두었다. 사방을 천막으로 두른 중고 트럭이었다. 동물을 실어 나르기에 딱이었다.

오은주가 창고의 문을 두드리자 셔터가 위로 올라갔다. 이지우는 자율 주행 트럭 속의 박스 문을 열고 동물들을 진정시켰다. 영양과 고라니는 이상 반응을 보이지 않았는데, 긴코원숭이는 몹시 흥분해서 날뛰기 시작했다. 이지우도 제어하기 힘들었다. 긴코원숭이는 트럭 안을 이리저리 뛰어다녔다. 트럭의 시스템이 멈춘 지 1분이 지났다. 남은 시간은 30초뿐이었다.

"지우야, 빨리 창고로 옮겨야 돼."

민시아가 이지우를 향해서 소리 질렀다. 이지우는 양쪽을 오가느라 정신이 없었다. 동물을 제대로 다룰 줄 아는 사람은 이지우뿐이었다. 긴코원숭이가 영양이 있던 박스로 들어가서 소리를 질렀다. 그때 오소리가 나섰다. 목구멍 깊숙한 곳에서 가래침을 끓어올리는 듯한 칼칼한 목소리로 "캬캬아악" 하며 긴코원숭이를 위협했다. 긴코원숭이는 처음에는 반항하는가 싶더니 곧 오소리의 기세에 눌렸다. 오소리가 긴코원숭이를 위협하며 창고로 이동했다.

"어이, 친구들, 어떻게 된 거야. 안 오는 줄 알았잖아. 기다리느라 얼마나 지루했는데."

창고의 셔터를 고정시킨 다음 백건이 말했다. 말은 느릿느릿하게 하면서도 동작은 재빨랐다. 상황의 다급함을 누구보다 가장 잘 아는 백건이었다. 시스템이 복구되기까지 몇 초밖에 남지 않았다. 동물들을 모두 창고로 이동시킨 다음 천막 트럭에 올라가게 했다. 대부분의 일은 이지우가 했다. 모든 작업이 끝나자 15초 정도가 남았다. 오은주와 유진은 뛰어서 자동차로 돌아가고, 정인수와 한모음도 함께 달려가서 자동차 뒷좌석에 올라탔다. 백건과 이지우, 공상우와 민시아는 창고 안으로 들어갔다. 백건이 스위치를 누르자 천천히 셔터가 내려왔다.

"더 빨리 안 내려와요?"

공상우가 다급하게 소리를 질렀다.

"야, 여기가 내 창고냐? 그렇게 급하면 전부 다 같이 잡아당겨."

백건의 말이 끝나기 무섭게 공상우와 민시아와 이지우가 달려들어 셔터를 끌어내렸다. 자율 주행 트럭의 시스템이 복구되는 순간 셔터가 완전히 닫혔다. 오은주는 후진해서 다른 골목으로 빠져나갔다.

"자, 이제 2단계 작전으로 가야지?"

백건이 신이 난 목소리로 말하고는 천막 트럭에 올라탔다. 운전석 옆자리에 공상우가 타고 그 옆에는 민시아가 탔다. 이지우는 동물들과 함께 뒷자리로 올라갔다. 이지우가 올라가자 시끌시끌하던 동물들이 안

정감을 찾았다. 천막 트럭은 동물원 후문으로 향하는 문이 아닌, 큰길로 나 있는 문을 향해 빠져나갔다.

"이지우, 힘들지 않았어?"

민시아가 적재함으로 연결되어 있는 작은 창문을 열며 말했다.

"밤에는, 계속 오소리들과 함께 지내면서, 얘길 나눴어. 겨울에 오소리는, 뭘 하고, 뭘 먹고, 춥지는 않은지, 얘길 했어."

이지우가 작은 창문으로 얼굴을 빼꼼 내밀고 말했다.

"안 추웠어?"

"추웠는데, 내가 오소리라고 생각하고, 굴로 들어가서 흙이 덮어주니까 괜찮고, 나쁘지 않았어. 아침에, 출발 전에 박스에 들어가니까 저 오소리가 나를 알아보고, 반겨줬어."

"오소리들 사이에서 완전 화제였겠다, 이지우."

"오소리들이 나를 좋아해. 나도 좋아하고."

"어떤 동물이 널 안 좋아하겠니? 나중에 동물원장도 직선제로 바뀌면 당선 확실인데."

"어, 잠깐만. 여기 누가 똥 쌌나 보다. 휴지 있어?"

이지우는 민시아에게서 휴지를 받아 들고 동물들 쪽으로 갔다. 이지우가 동물들과 함께 노는 소리가 운전석으로 들려왔다. 차기 동물원장 후보로서 불편한 점은 없는지 묻고 다니는 것 같았다.

"자, 이제 어디로 가는 거야?"

백건이 물었다.

"곧 오은주 차가 나타날 거예요. 아, 저기 있네. 저 차 따라서 가면 돼요."

공상우가 앞에 달리고 있던 오은주의 차를 가리켰다. 뒷좌석에 있던 정인수가 유리창 너머로 손을 흔들었다. 민시아도 손을 흔들어주었다. 도로는 한산했고, 날씨도 좋았다. 민시아는 공상우의 어깨에 기댔다. 긴장이 풀어지자 피로가 한꺼번에 밀려들었다. 모든 일이 계획대로 되었다는 사실이 믿기지 않았다. 우리가 이렇게 완벽한 작전을 세웠을 리가 없는데, 도무지 빈틈이 없는 습격이 가능했을 리가 없는데, 어안이 벙벙할 뿐이었다. 민시아는 공상우의 어깨에 기댄 채 잠깐 눈을 감았다.

"기분이 이상해."

민시아가 낮게 중얼거렸다.

"뭐가 이상해?"

공상우가 되물었다.

"습격이란 게 이런 거였어?"

"예상했던 것과 많이 달랐지?"

"예상조차 못 했어."

"역시 민시아가 팀으로 있으니까 뭔가 다르네."

"뭐가 다른데?"

"잘 도망왔잖아. 도망가기 천재가 같은 팀이니까 이 렇게 쉽게 빠져나왔잖아. 역시 민시아 효과야."

"나, 손잡아줘."

민시아가 손을 내밀었고, 공상우가 그 손을 잡았다. 운전을 하던 백건이 손잡은 두 사람을 슬쩍 보았다. 손잡은 모습을 보려고 했던 건데, 오른쪽 사이드미러 로 다른 것을 보고 말았다.

"어……. 저거 뭐야, 아까 그 트럭 맞지?"

백건이 사이드미러를 가리키며 소리를 질렀다. 공상 우가 확인했다. 민시아도 가까이서 사이드미러를 보 고, 고개를 돌려 뒤를 보았다.

"따라오고 있었네?"

"저 차엔 아무도 없잖아. 어떻게 쫓아오는 거야?"

천막 트럭의 뒤에서 자율 주행 트럭이 쫓아오고 있었다. 공상우는 오은주에게 전화를 걸어서 상황을 알렸다. 예상치 못한 상황이었다. 물론 누군가 지시한 사람이 있을 테지만 자율 주행 트럭이 추격을 한다는 사실 자체가 낯설었다.

자율 주행 트럭의 입장에서 보면 충분히 납득은 갔다. 트럭은 정확히 1분 30초 동안 잠들어 있었다. 깨어나 보니 다섯 마리의 동물은, 정확히 말하면 다섯 마리의 동물과 한 명의 사람은 사라지고 없었다. 시스템을 점검한 다음 자율 주행 트럭은 서버와 통신을 시작했고, 소멸된 기억을 살려낼 수 있었다. 지워진 기억이 되살아났다. 자신이 잠깐 잠든 사이에 동물들이 납치당했고, 범죄가 일어났다. 트럭 입장에서는 화가 날 수도 있는 일이었다. 생각을 하는 존재라면, 자신이 잃어버린 것을 찾기 위해 무작정 뒤를 따라가는 게 당연한 일이다.

자율 주행 트럭의 뒤로 또 한 대의 차량이 따라붙

었다. 3번 동물원의 홍수 씨가 운전하는 픽업트럭이었다. 홍수 씨는 메시지를 받고 동물원연합이 알려준 주소로 가려고 문을 나섰는데, 바로 앞에서 자율 주행 트럭이 지나가고 있었다. 내비게이션을 켤 필요도 없이 트럭의 뒤를 따라가기만 하면 된다. 당장 차를 세우고 자신이 뭘 잘못 실었는지 확인하고 싶었지만, 운전자가 없다. 일단 따라갈 수밖에 없었다. 갑자기 카퍼레이드가 시작됐다. 제일 앞에는 오은주의 승용차, 그 뒤에는 천막 트럭, 그 뒤에는 자율 주행 트럭, 그 뒤에는 홍수 씨의 픽업트럭이 차례로 달렸다. 과속을 하는 차량은 없었고, 서로가 서로의 차량을 경호하는 것처럼 천천히 달렸다. 정확한 목적지를 아는 사람은 맨 앞차 운전자 오은주뿐이었다.

D - day

1:00 pm

오은주는 경찰이 몰려들기 전에 결정을 내려야 했다. 자율 주행 트럭이 따라붙었다는 것은 자신들의 계획이 노출됐다는 뜻이다. 곧 사방으로 연락이 갈 것이고, 자신들을 막기 위한 사람들이 몰려올 것이다. 오은주는 재이에게 전화를 걸어서 다시 한번 자율 주행 트럭을 해킹 할 수 있는지 물었다. 할 수는 있지만 그렇게 되면 자신이 노출될 수밖에 없다고 했다. 재이는 그래도 괜찮다고 덧붙였다. 오은주는 리더로서 결정을 내려야 했다. 우선, 자율 주행 트럭의 의도를 테스트해보았다. 자신의 차를 갓길에 세웠다. 자율 주행 트럭이 누굴 따라가는지 보기 위해서다. 자율 주행 트럭은 오은주의 차는 거들떠보지 않고 천막 트럭과 일정한 거리를 유지하며 따라갔다.

"자율 주행 트럭 뒤에 있는 저 픽업트럭은 뭐지? 계속 붙어 다니는데?"

갓길로 빠졌다가 다시 운전을 시작한 오은주는 자율 주행 트럭 뒤의 픽업트럭을 발견했다. 일정하게 뒤를 따르고 있는 모습을 보아 일행이 분명했다. 오은주는 픽업트럭에 동물원연합 사람이 타고 있을 것이라고 추측했다. 오은주는 픽업트럭 뒤로 붙었다. 트럭 뒤에는 작은 글씨로 '3 동물원'이라는 이름과 코끼리 그림의 로고가 있었다.

"동물원연합 차가 맞나 봐."

오은주는 픽업트럭과 조금 거리를 두었다. 자신들의 정체를 알지도 모른다는 생각이 들었다. 카퍼레이드의 순서가 바뀌었다. 천막 트럭, 자율 주행 트럭, 픽업트럭이 달리고 오은주의 차가 가장 뒤에 따라갔다.

"어떻게 할 생각이야?"

아무 말 없이 조수석에 앉아 있던 유진이 물었다.

"모르겠어. 어떻게 해야 하지?"

오은주가 세 사람을 돌아보며 물었다.

"원래 계획은 물 건너간 것 같은데?"

유진이 말했다.

"해킹 하자. 한 번 했는데 두 번 못 해?"

정인수가 말했다.

"트럭만 문제가 아냐. 저 픽업은 어떻게 할 거야."

오은주가 걱정스러운 목소리로 말했다.

"저걸 우리가 받아버릴까? 그러는 사이에 도망가라고 할까?"

정인수가 몸을 앞으로 빼더니 두 팔로 운전석과 조수석 헤드레스트를 붙잡으며 말했다.

"그 개인 동물원이라는 데, 거의 다 오지 않았어?"

유진이 물었다.

"아직 10킬로미터 남았어."

"이대로 가도 되는 거야? 꼬리가 잔뜩 붙었는데? 그 사람 무허가랬잖아."

"나도 어떻게 해야 할지 모르겠다. 유진 생각은 어때?"

"개인 동물원 말야……."

"응."

"처음부터 난 그 계획이 마음에 들지 않았어. 왜 으슥한 곳에서 혼자 동물을 키워? 이상하잖아."

"내가 얘기했잖아. 유기 동물을 돌보다가 점점 규모가 커졌다고."

"그럼 정식으로 허가를 받고 키우든가. 아무래도 못 믿겠어."

"그럼 어떻게 하자는 거야?"

"이 계획은 내가 짠 게 아니야."

"그래서 지금 의견을 묻는 거잖아."

"내 의견 말해줘?"

"응, 말해줘."

"야생으로 돌려주자."

"야생?"

"처음엔 그런 계획도 있었잖아. 서북산 쪽에 풀어주자고. 그곳이면 야생과 가까운 생태계가 있을 거라고."

"돌아갈 게 아니라면 그래야겠지?"

"어쨌든 지금은 개인 동물원으론 못 가. 자율 주행

트럭에 동물원연합 사람까지 붙은 걸 보면 경찰이 오는 건 시간문제일걸."

"한모음, 네 생각은 어때?"

한모음은 헤드폰을 쓴 채 창밖을 보고 있었다. 준비해 온 플레이 리스트를 벌써 두 번이나 재생했는데도 습격은 끝나지 않았다.

"난 찬성."

한모음은 창밖을 보면서 대답했다.

"뭐가 찬성이란 거야?"

오은주가 뒷좌석에 있는 한모음을 돌아보며 말했다. 한모음은 답하지 않고 손가락으로 조수석에 있는 유진을 가리켰다.

"정인수, 네 생각은?"

"다들 찬성이라면 나도 찬성이야. 그런데 서북산 가려면 여기서 멀지 않아?"

"지금 도로 상황이면 금방 가. 유진, 공상우에게 전화 걸어봐."

오은주는 속력을 높여서 차들을 추월했다. 픽업트럭을 앞지르고, 자율 주행 트럭을 지나서, 천막 트럭

앞으로 갔다. 공상우가 전화를 받았다. 유진은 전화기를 오은주에게 건네주었다. 오은주는 전화기를 스피커폰으로 전환했다.

"지금 동물원연합 차량도 따라오고 있어. 계획을 바꿔야 할 것 같아."

"어떻게?"

"개인 동물원으로 가면 위험할 것 같아. 동물들도, 그 동물원도. 그래서 서북산으로 가려고 해."

"거기다 풀어주려고?"

"그러려고. 너희들 생각은 어때?"

공상우와 민시아는 쉽게 의견을 내지 못했다. 습격 계획을 짤 때도 가장 의견이 나뉘었던 안건이었다. 처음에는 산에다 풀어주자는 의견이 많았지만 개인 동물원의 존재를 알게 된 다음부터는 엇갈리기 시작했다. 산에다 풀어주면 죽음을 방치하는 것이나 마찬가지라는 의견이 있었고, 개인 동물원으로 보내는 것은 또 다른 속박이며 감옥의 연장이라는 반대 의견이 있었다. 산에다 풀어주는 걸 가장 강력하게 반대했던 사람이 민시아였다.

"그게 좋겠어."

동물과 함께 있던 이지우가 적재함 창문으로 얼굴을 내밀며 말했다. 민시아도 고개를 끄덕였다.

서북산까지는 5분이면 충분했다. 도로는 텅텅 비어 있었다. 승용차 한 대와 트럭 세 대뿐이었다. 오은주는 속력을 냈다. 시속 80킬로미터를 넘어섰다. 뒤를 따르는 천막 트럭도, 자율 주행 트럭도, 픽업트럭도 덩달아 속력을 높였다.

오은주의 차에 타고 있던 누구도 말을 하지 않았다. 긴장감이 가득했다. 천막 트럭에 탄 누구도 말을 하지 않았다. 마지막으로 향하는 느낌이었다. 어떤 식으로든 곧 모든 일은 끝날 것이다. 동물들도 조용했다. 뒤를 따르는 자율 주행 트럭은 당연히 말이 없었으며, 가장 마지막에 있는 홍수 씨만이 투덜거릴 뿐이었다. 퇴근을 하지 못하고 자율 주행 트럭을 뒤따라가고 있는 자신의 꼴이 우습게 느껴졌다. "어디까지 가는 거야, 대체?"라면서도 일단 뒤를 따르기로 한 이상 다른 길로 갈 수는 없었다.

삼거리가 나왔을 때 오은주는 좌회전 깜빡이를 켰

다. 서북산으로 가는 방향이었다. 오은주의 차가 좌회전을 했고, 이어서 천막 트럭과 자율 주행 트럭과 홍수 씨의 픽업트럭이 그 뒤를 따라갔다.

홍수 씨의 픽업트럭이 마지막으로 좌회전을 한 후 한참 동안 삼거리에는 차가 한 대도 보이지 않았다. 바람이 뒤엉키는 곳이어서 돌풍에 갈 길을 잃은 나뭇잎들만 흩날렸다. 10분쯤 지났을 때, 승합차 한 대가 급하게 좌회전을 했는데, 차량의 뒤편에는 펭귄 로고와 함께 '동물원연합'이라는 글씨가 커다랗게 박혀 있었다.

이틀 만에 이지우가 돌아왔다. 오은주의 원룸에서 우리는 먹고 자면서 이지우를 기다렸다. 이지우가 원룸의 현관문을 들어설 때 눈물이 날 뻔했다. 이틀 만에 돌아온 이지우는 태연했다. 우리에게 들려줄 수많은 이야기가 있을 텐데, 제일 먼저 했던 말은 '배가 고프다'는 것이었다. 이지우는 라면을 두 그릇 먹고는 배를 두드리며 웃었다.

이틀 전 이지우는 동물들을 데리고 산으로 올라갔다. 처음에는 동물들만 올려보내려고 했는데 동물들이 꿈쩍도 하지 않았다. 처음 보는 환경으로 선뜻 들어갈 마음을 먹지 못하는 게 당연했다. 이지우가 동물들을 움직이게 해야 했다. 우리는 이지우가 동물을 데리고 산으로 올라가는 모습을 뒤에서 지켜보았다. 영양이 선두에 있었고, 그 뒤로 두 마리의 고라니가 따라갔다. 긴코원숭이와 오소리 뒤로 이지우가 걸어갔다. 동물들의 소풍을 인솔하는 여행 가이드 같은 모습이었다.

유진은 여전히 이지우가 동물과 대화할 수 있다는 사실을 백 퍼센트 믿지 못한다. 그렇지만 최소한 마음을 주고받을 수 있다는 사실은 확실히 믿게 되었다. 동물들은 이지우와 있으면 몰라보게 편안해졌고, 이상한 행동을 하지 않았다. 동물들만 그런 게 아닌지도 모른다. 초클이 함께 있을 때 이상한 행동을 하지 않는 것도 이지우 때문인지 모른다. 생각해보면 인간들도 모두 동물들이니까.

이지우는 이틀 동안 있었던 일을 우리에게 얘기했다. 동물들을 데리고 어디로 갔는지, 어떤 일이 있었는지, 또 어떤 대화를 나누었는지 말해줬다. 여기에 세세하게 그 이야기를 다 적지 못하는 것은, 믿기 힘들어서라기보다 너무나 장대한 모험이기 때문이다. 한 가지만 적어두겠다. 이지우는 그 동물들이 적응하며 살 수 있는 곳을 찾아주었고, 그곳에서 하루 동안 시간을 보내다 왔다.

이틀이 지나 돌아온 이지우는, 조금 달라졌다. 이건 나만 느낄 수 있는 것이라서, 말하기가 조금 조심스럽지만, 숨소리가 달라졌다. 이전보다 훨씬 숨을 깊게 들이마셨고, 숨을 쉬는 횟수도 줄어들었다. 내 귀로 들을 수 있는 이지우의 심박수는 50 정도다. 이지우는 어쩌면 인간이라는 종을 버리고 코끼리가 되어가고 있는지도 모른다. 아니 오소리가 되고 있는지도 모른다. 오소리와 함께 박스에 들어 있을 때 오소리의 생체리듬을 터득했는지도 모른다. 나는 동물과 이야기를 나눌 수 있다는 이지우의 말을, 진심으로 믿기 시작했다.

초인간클랜의 공식 연대기 작가로서 사건의 뒷이야기도 적어둬야 할 것 같다. 이지우가 동물들과 함께 산으로 올라간 후, 우리는 남아서 동물원연합을 기다렸다. 그 사람들은 우리더러 도둑놈들이고, 파렴치한 범법자라고 소리를 질러댔다. 그렇지만 일을 크게 만들 생각은 없어 보였다. 경찰에 신고조차 하지 않았다. 일이 커지면 자신들이 새롭게 시도한 '자율 주행 트럭을 통한 도태 시스템'이 실패했다는 사실을 인정해야 했다. 누군가가 책임을 져야 하고, 당분간 사람들과 언론에 시달려야 할 것이다. 도태 장소에서 기다리던 몇몇 기자를 돌려보낼 때에도 우리에 대한 언급은 전혀 하지 않았다.

　우리는 타협을 해야 했다. 세상에 초인간클랜의 존재와 우리가 한 일을 알리고 범법자가 될 것인가, 아니면 다섯 마리의 동물을 해방시키는 대신 아무 일도 없었던 것처럼 입을 닫고 지낼 것인가. 대단한 범법을 저지른 것도 아니라고 생각하는데, 동물원연합은 우리에게 각서를 요구했다. 우리는 토론을 했다. 결론은 간단하게 났다. 세상에 초인간클랜의 존재를 알려야 할 아무런 이유가 없었다. 우리는 처음부터 두드러지는 존재가 아니었고, 숨어 있길 좋아하던 사람들이었으니 이제 와서 유명해지길 바라지 않는다. 대부분의 의견이 비슷했다. 우리는 혁명을 원하지 않는다. 세상을 크게 바꾸길 원하지 않는다. 세상을 구할 수 있는 사람들도 아니다. 우리는 그저 우리가 할 수 있는 일을 발견했고, 그걸 잘하려고 했고, 성공적으로 해냈다. 완벽하다고 는 할 수 없어도 그럭저럭 일은 잘 끝났다. 그걸로 충분하다고 생각했다. 다섯 마리의 동물을 구했으니 다른 것은 없었던 일이 되어도 상관없다.

백건 씨의 중재도 큰 역할을 했다. 느끼하고 유들유들한 아저씨라고 생각했는데, 생각보다 담백하고 쓸모가 많았다. 동물원연합을 찾아가서 우리 대신 거의 모든 일처리를 해주었다. 우리가 요구한 것은 하나뿐이었다. 산으로 올라간 동물들을 쫓지 않는다. 그들이 살든 죽든 적응을 하든 못 하든 이제는 운명이다.

나는 지금까지 기록한 노트를 어떻게 할까 생각 중이다. 태워버릴까, 아니면 사진을 찍어서 클라우드에 보관할까, 아니면 타임캡슐에라도 묻어둘까. 대단한 기록은 아니지만 버리기는 아깝다. 습격 사건이 있고 나서, 친구들은 조금 달라졌다. 성공의 기쁨과 목표가 사라진 다음의 공허함이 공존하고 있다. 눈빛에 초점은 없는데 입은 웃고 있다든지, 소리 내어 웃다가 한숨을 쉰다든지……, 얼굴 자체에 아이러니가 가득했다. 한 번도 느껴보지 못한 소리와 기운이 원룸의 공기에 섞였다. 이제 진짜 팀이 된 것 같았다. 초인간클랜은 조만간 새로운 일을 구상할지도 모르겠다. 이번에는 좀 더 거대한 습격을 기획할지도 모르겠다. 어쩐지 그런 예감이 든다. 진짜 팀이 됐으니까 새로운 일을 분명히 만들 것 같다.

나는 이제 소리로 친구들을 감지한다. 모든 친구들은 각자의 데시벨과 소음이 있다. 유진은 이지우보다 시끄럽지만 정인수보다 조용하다. 민시아는 "음……" 하는 소리를 아주 작게, 자주 낸다. 나만 들을 수 있는 소리다. 공상우는 한숨을 쉴 때마다 풍선에서 바람이 빠지는 것 같은 소리로 마무리한다. 귀여운 소리다. 재이는 컴퓨터를 만질 때면 콧노래를 부른다. 노래 제목은 알 수가 없다. 재이가 음치라서 그렇다. 이지우는 쉼표 같다. 말을 할 때 쉼표를 많이 쓰기도 하지만 누군가를 쉬게 해주는 역할을 한다. 친구들과 함께 있을 때면 눈을 감아도 모든 것이 보인다.

이지우는 휴대전화로 찍은 동영상을 우리에게 전송해주었다. 1분 정도의 짧은 영상이었는데 영양, 고라

니, 긴코원숭이, 오소리와 마지막 인사를 나누는 장면
이었다. 동물들은 이지우가 찍는 걸 빤히 쳐다보았다.
고개를 돌리지도 않고 정말 인사를 하는 것처럼 카메
라를 들여다보았다. 그중에서도 오소리의 눈빛이 가
장 강렬했다. 오소리는 입을 우물거리면서 어떤 소리
를 냈다. 나는 동영상의 음량을 키웠다. 최대 음량으
로 키워도 소리는 희미했다. 바람 소리인지도 모른다.
나뭇잎 소리나 물방울이 떨어지는 소리일 수도 있었
다. 나는 눈을 감고 소리만 들어보았다. 영상이 보이지
않자 소리는 더욱 선명했다. 의미는 알 수 없었지만 분
명히 어떤 메시지가 들어 있었다. 자고 있는 이지우를
깨워서 오소리가 무슨 말을 했는지 물어보고 싶었지
만, 이지우는 지금 완전히 곯아떨어졌다. 아마 꿈속에
서 오소리를 만나고 있을 것이다.

나는 모든 일이 끝난 지금, 뜻밖에, 죽음을 생각한
다. 있다가 사라지는, 나타났다가 없어지는, 드러났다
가 소멸하는, 보였다가 보이지 않는, 모든 존재들을 생
각한다. 존재는 소음이기도 하다. 화면을 바라보는 오
소리의 죽음을 생각하다 보니 등골이 서늘해졌다. 나

는 노이즈 캔슬링 헤드폰을 벗었다. 갑자기 수많은 소리가 내 귀로 들이닥친다. 이렇게 많은 소음이 존재하고 있다. 나는 가장 작은, 조용한 소음이고 싶다. 그래서 아주 오랫동안 아무도 눈치채지 못하는 소음이고 싶다. 나는 다시 헤드폰을 썼다. 세상이 적막하다. 음악을 들어야겠다.

민시아 :   (조용히 한모음에게 다가서며) 뭐 써?

한모음 :   (노트를 덮으며) 그냥, 이것저것.

민시아 :   일기 같은 거야?

한모음 :   아냐.

민시아 :   나 보여주면 안 돼?

한모음 :   나중에.

민시아 :   나중에 언제?

한모음 :   나 죽으면 그때 봐.

민시아 :   너, 나보다 오래 살 것 같아.

한모음 :   모르지.

민시아 :   글 쓰는 거 재미있어? 나는 책 읽는 건 재

미있는데 쓰려고 하면 숨이 턱 막히더라.

한모음 : 재미있기도 한데 어렵기도 하고, 신날 때
도 있는데, 막막할 때가 많고.

민시아 : 글 쓰는 건 복잡한 일이구나. 신기하다.
어떤 기분일지 궁금하다. 신나는데 막막
하고, 재미있는데 어렵고. 롤러코스터 탈
때랑 비슷하려나……. 재미있는데 무섭
잖아. 소설 같은 거 쓰는 거야?

한모음 : 우리 얘기도 쓰고, 소설도 쓰고.

민시아 : 우리 얘기 어떤 거?

한모음 : 친구들 얘기. 습격 얘기. 농담 얘기.

민시아 : 재미있겠다. 나중에 보여줘.

한모음 : 봐서.

민시아 : 우리 얘기랑 소설 중에 어떤 거 쓸 때가
더 재미있어?

한모음 : 소설.

민시아 : 왜?

한모음 : 가짜니까.

민시아 : 가짜라서 재미있어?

한모음 : 가짜에는 진짜가 들어가도 되는데, 진짜
에는 가짜가 들어갈 수 없거든.

민시아 : 진짜 같은 가짜라는 건가?

한모음 : 진짜를 넘어서는 가짜라는 거지.

민시아 : 네가 쓴 가짜에는 진짜가 얼마나 들어가
있는데?

한모음 : 매번 달라.

민시아 : 평균으로 하면?

한모음 : 섞이면 골라내기 힘들어.

민시아 : 너도 나중에 막 헷갈려? 진짜랑 가짜가?

한모음 : 중요하지 않게 돼.

민시아 : 아……, 진짜와 가짜의 차이가?

한모음 : 차이가 없어져.

민시아 : 가짜도 좋구나.

공상우 : 피자 시킬 건데, 먹을 사람?

민시아 : (손을 번쩍 들며) 나!

한모음 : (손만 든다.)

유　진 : 나는 빼줘.

정인수 : 나는 포테이토 피자 먹고 싶어.

재 이 :　　　나도 좋아.

공상우 :　　　오케이, 그럼 포테이토 피자 시킬게.

　공상우는 휴대전화 어플리케이션으로 피자를 주문한다. 15분이 지난 후 오은주의 원룸 바깥으로 오토바이 소리가 들린다. 한모음은 모든 소리를 듣고 있다. 빠른 속도로 계단을 오르고 엘리베이터를 탄다.

김중혁 :　　　(현관 벨을 누르며) 피자 왔습니다.

김중혁 장편소설

유니크크한 초능력자들 – 내일은 초인간 1

ⓒ 김중혁

초판 1쇄 인쇄 2020년 7월 7일
초판 1쇄 발행 2020년 7월 17일

지은이	김중혁
펴낸이	지영주
편집	김필균 장서원
디자인	이경란
마케팅	김진희 한주희 정지혜 김민지 이상은 조영흠
경영지원	백종임 김은선

펴낸곳	㈜자이언트북스
출판등록	2019년 5월 10일 제2019-000085호
주소	경기도 고양시 덕양구 덕은1로 5 2층
전화	070-7770-8838
팩스	02-3158-5321
홈페이지	www.blossombooks.co.kr
전자우편	giantbooks@blossomgroup.co.kr
인스타그램	www.instagram.com/blossom_giant_books

ISBN	979-11-968667-4-7 04810
	979-11-968667-3-0 (세트)